U0066635

瑞蘭國際

中・韓
韓・中
對譯技巧

I 形象性語言：俚語、俗諺

國立政治大學
前韓語系主任
王俊教授／著

序

　　語言文字是一種文化的信息符號系統，是用來表達思想、溝通理念的系統。一個民族的社會文化也藉由它來反映其特色。其中形象性語言，是以譬喻的方式，借助一種形象或描繪，來提供一個映象（image），並且表達它的意義。翻譯這種語言時，就要適切地翻出它真實的意義，正如林語堂先生所説：「譯者所應忠實的不是原文的零字，而是零字所組成的語意。」他還說：「譯者須忠實於原文的字神，句氣與言外之意。」

　　由於中韓語言結構的不同，以及詞彙、語順、句子結構等的差異，所以在翻譯時，要先把握原文中整個句子的實際內容，再按本國語言的表現方式表達出來，這種翻譯的概念，不是按詞義逐一地將詞語譯出再拼裝成句子，而是要達到通順的完整譯法。翻譯理論中所謂的「忠於原文」，就是要忠於原文的達意傳神，所以在選擇詞語與提煉方面，譯者需要具備一定程度的文字修養與運用功力，才能體現傳神之美。

　　韓國「俗談」中也有漢字成語，但有些獨特的成語不同於我國，所以翻譯時要特別注意，必須瞭解其內含，比如「계란유골」（雞卵有骨）是指人在運氣不佳、倒霉的時候，連吃雞蛋都會碰到骨頭的意思。有些漢字語詞的意義與用法也跟中文的不同，例如「사정」（事情）是指事件的情況，是事態的意思；再如「동서」（東西）是指連襟、妯娌的意思，或單指方位，並沒有「物

件」或卑意指「人」的意思；而「동서고금」（東西古今）是指古今中外的意思。

我們常引用所謂的「常言道」、「俗語說」之類的精簡而有深意的話來表達一種思想或理念，這些多半都是形象性的語言，還有許多「俚諺」是一些生活的經驗與智慧，或是道德觀念，是用來告誡後人說話行事要小心的語言，這些也屬於形象性的語言。從這些文化語言中，我們可以瞭解一個民族的文化特徵以及其語言的深層含義，還有此民族對世事萬物的看法與表達方式。

譯界有「直譯」與「意譯」兩大學派，若是過於強調直譯，可能造成生硬，變成硬譯；而若過於注重意譯時，又可能發生添詞加意，變成偏離原文的幻譯。本書把直譯、意譯同時譯出並列，讓讀者可以對照，之後更瞭解其深層的意味。

本人曾翻譯過不少韓文的小說、知識性讀物、教養性讀物、文法書等等，也曾寫過許多教材，還教過翻譯課程。從這些經歷中，我發現翻譯真是一門藝術，是語言方面的一種創作藝術，應屬一般課程外的一種專門課程，尤其是有些形象性語言、俗語、成語之類的翻譯更是需要熟悉與專業訓練才行。有鑑於此，我推出了《中韓‧韓中對譯技巧──I形象性語言：俚語、俗諺》這一本書。

本書共有三個部分：一是淺談翻譯，二是韓國諺語、俗談的中文翻譯，三是中國成語、俗諺的韓文翻譯。此為第一輯，第二輯要寫的是「文學性語言」的翻譯，即《中韓‧韓中對譯技巧──II文學性語言》一書，包括詩、小說、戲劇、故事等的翻譯。希望讀者在閱讀本書之後，能在中韓文對譯方面有所精進，尤其對於兩國諺語、成語的表現方式與文化內涵能有更深的理解。

如何使用本書

　　《中韓‧韓中對譯技巧—— I 形象性語言：俚語、俗諺》是由前政治大學韓文系主任王俊教授所著。王教授學識淵博、著作等身、譯作無數，此書便是以其豐富的翻譯經驗，提供給想在中‧韓對譯上更上一層樓者的好書。

　　本書分為3個部分：一是「淺談翻譯」，二是「韓國語中形象性語言的中文翻譯」，三是「中國語中形象性語言的韓文翻譯」。

淺談翻譯

本單元用「翻譯的意涵」、「翻譯需要的條件」及「韓語翻譯的技巧」，與讀者分享何謂翻譯，並掌握翻譯技巧。

非是很奸的譯文，若是譯成「미워서 때렸느냐 사랑해서 때렸지」或「아프라고 때렸느냐 사랑에 넘쳐 때렸다」就很有韓國風味了。

　　還有些俗談用在不同的地方，有不同的意義，如：「입에 쓴 약이 병에는 좋다」中譯一是「良藥苦口」，二是「有苦痛才有收穫」。又譬如醫生說「這劑藥單小時點一次」，韓語是「이 안약을 반 시간마다 한 번씩 넣으세요」這個「點」字韓語用「넣다」，說「주사를 놓다」是打針，但接受打針的人卻要用「맞다」，比如說「這孩子今天打了預防針」，譯成韓文就是「이애기 오늘 예방주사를 맞았다」，同樣一個「打」字，韓文裡就要用不同的動詞來表達。如打球用「공을 치다」或「공놀이를 하다」；踢球用「공을 차다」，用其他動詞表現「打」的如：

打架 싸우다　　　　　　　　打睡兒 졸다
打水 물을 긷다　　　　　　打噴 코를 골다
打包 짐을 싸다　　　　　　打蚊子 모기를 잡다
打傘 우산을 쓰다　　　　　打主意 눈독을 들이다
打毛衣 털옷을 짜다　　　　打官腔 배슬장이 티를 내다
打鞦韆 그네를 뛰다　　　　打前鋒 앞장 서다

　　用「하다」表現「打」的有：打籃球、排球、足球、網球，都可以用「하다」，即籃球하다、排球하다、足球하다、網球하다等，只要加上「하다」，就行。其他用「하다」表現「打」的：

打哈欠 하품하다　　　　　　打嗝兒 재채기를 하다
打喷兒 딸꾹질하다　　　　　打折 할인을 하다
打飽嗝 트림을 하다　　　　打交道 거래하다

打官司 소송하다，고소하다　　打電話 전화를 하다 / 걸다
打工 아르바이트를 하다　　　打拳擊 권투하다 / 복싱하다

　　用「치다」表達「打」的如：

打桌球 탁구를 치다　　　　　打字 타자를 치다
打鼓 북을 치다　　　　　　打電報 전보를 치다
打雷 천둥치다

　　值得注意的是，「치다」這一個動詞還有很多的用途，像敲掌、彈鋼琴等等，例如：

彈鋼琴 피아노를 치다　　　　拍翅膀 날개를 치다
打陀螺 팽이를 치다　　　　　篩粉 가루를 치다
打耳光 뺨을 치다　　　　　　測深 물을 치다
鼓掌 손뼉을 치다　　　　　　欲頭 목을 치다
擲骰子 주사위를 치다　　　　編草袋 가마니를 치다
洗（撲克）牌 트럼프패를 치다　切割藥材 무우를 치다
釘釘子 못을 치다　　　　　　加醬油 간장을 치다
掛窗帘 카텐을 치다　　　　　搓繩 끈을 치다
撒網 그물을 치다　　　　　　逃跑 도망을 치다
搭帳篷 천막을 치다　　　　　陶涛 도랑을 치다
結蜘蛛網 거미줄을 치다　　　養蜂 벌을 치다
颳大風雪 눈보라 치다　　　　畫圓圈 동그라미 치다
波濤洶湧 파도를 치다　　　　考試 시험을 치다 / 보다
搖尾巴 꼬리를 치다

韓語翻譯的技巧

學習掌握諺語、俗談的正確表現，讓譯文更加周延完整。

第二章

韓國語中形象性語言的中文翻譯

本單元用「諺語」、「俗談」、「漢字成語」及「慣用語」，讓學習者了解韓國語中的形象性語言，並運用於生活與文章中。

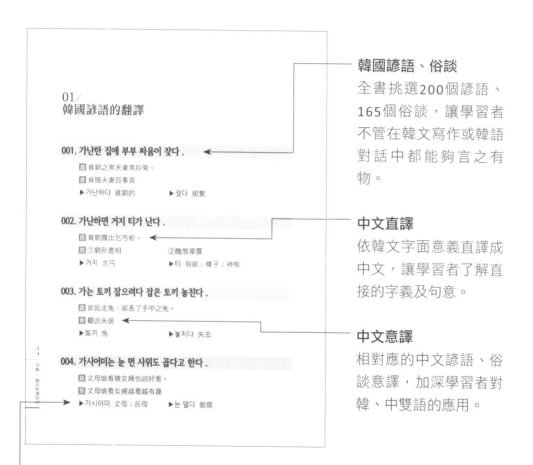

韓國諺語、俗談

全書挑選200個諺語、165個俗談，讓學習者不管在韓文寫作或韓語對話中都能夠言之有物。

中文直譯

依韓文字面意義直譯成中文，讓學習者了解直接的字義及句意。

中文意譯

相對應的中文諺語、俗談意譯，加深學習者對韓、中雙語的應用。

補充單字

諺語、俗談例句中出現的單字補充，讓學習者擴充對韓語單詞的認識。

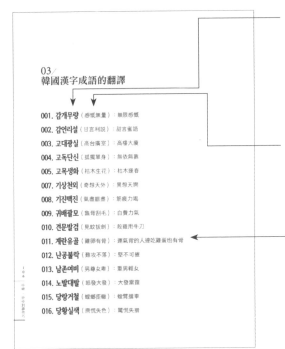

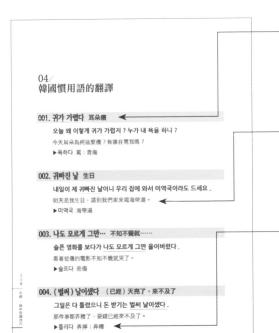

韓國漢字成語

全書挑選了70個漢字成語，幫助讓學習者了解韓、中文成語間的差異。

中文表現

特別加上漢字原文，輔助學習者學習韓文原意。

中文翻譯

相對應的中文成語，讓學習者加強韓、中雙語的應用。

韓國慣用語

全書挑選了40個慣用語，讓學習者掌握言談中的確切表現。

相關例句

作者特別用例句，讓學習者確實了解慣用語的使用方法。

補充單字

特別補充例句中所出現單字，讓學習者多面向認識更多韓語語彙。

中國語中形象性語言的韓文翻譯

本單元用「成語」及「諺語」，讓學習者掌握中國語的形象語言，在從事譯作時，更能夠掌握原意。

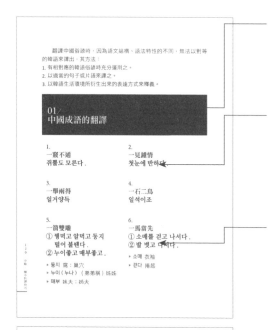

中國成語
全書挑選了270個成語，讓學習者反向學習成語的韓文表現。

韓文表現
作者將成語做出最適切的韓文翻譯，讓學習者同步加強韓文程度。

單字補充
補充韓語表現中所出現的單字，讓學習者加強學習韓語詞彙。

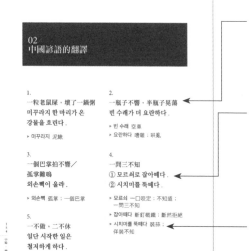

中國諺語
全書挑選了130個俗諺，讓學習者掌握中翻韓的翻譯技巧。

韓文表現
作者特別整理出與原文最相符的韓國諺語，讓學習者能夠對照學習。

單字補充
補充韓文表現中所出現的單字，讓學習者韓語實力更加紮實。

目次｜CONTENTS

淺談翻譯

韓國語中形象性語言的
中文翻譯

中國語中形象性語言的韓文翻譯

CHAPTER
1

淺談翻譯

翻譯工作不是結結巴巴的學舌，而是漂漂亮亮的再創作。

————老舍的話

01/
翻譯的意涵

　　翻譯實際上是一種文化交流的活動，因為它牽涉到兩個不同的文化社會，所以對兩種語言、文化、生活習慣、社會背景都必須有充分的認識。按《辭海》的解釋，翻譯是「把一種語言文字的意義，用另一種語言文字表達出來。」但翻譯並不是單純的把一種文字轉換成另一種文字而已，它至少包括了先要完全掌握原文的意義，然後再以譯文完全表達出來的兩個步驟。文學翻譯更是一種藝術，《蘇聯大百科全書》（Great Soviet Encyclopedia）有一條解說，認為翻譯藝術，乃是將一種語言寫就的作品，用另一種語言再表現出來的一種文學創作形式。

　　當代翻譯學者瑪莉・史奈爾・霍恩比（Mary Snell-Hornby）在《翻譯學》（Translation Studies: An Integrated Approach）一書中論翻譯時說：「翻譯文本不能當作一種死實的語言標本，它是譯者以讀者的眼光來了解原作者的用意之後，再為文化背景不同的讀者，用自己的語言重新表達出來和再創作。這種活動的過程，正是文學作品不斷需要新的翻譯的原因，也說明了為何沒有完美的譯作。」

中韓・韓中對譯技巧

還有一位當代翻譯學者萊納‧舒爾特（Rainer Schulte）把翻譯比做音樂演奏，原文是樂章，不同演奏家有不同的演繹，不同的時代演繹也有不同時代的特色。

我們可以認定翻譯是將一種語言文字所表達的各種信息、思想，用另一種語言、文字完全確切地表達出來的一種創作活動。筆譯是介紹使用其他不同文字者的知識、文化、思想等的活動；口譯是溝通操不同語言者的交際活動，它經過兩種語言的轉換，來達到交流或建立人際關係的目的，所以翻譯是一種媒介，一種橋樑的作用。翻譯和語音學、詞彙學、語法學、修辭學都有關聯，而且有密切關係，所以翻譯也是一門語言科學。

德國馬丁‧路德（Martin Luther）說過，「翻譯不是每個人都能掌握的藝術。」由於兩種語言的不同，兩個國家或民族的實際環境、歷史文化、生活習俗的不同，再加上思考方式、感情的不同，有時候譯者要確切完整地把握住作者的原意、心意、含意實在是很不容易的。嚴復就曾經說過：「一名之立，旬月踟躕。」說明了他翻譯時為了立一個新的名詞、術語，推敲考量達十天、一個月的功夫。老舍說過：「翻譯工作不是結結巴巴的學舌，而是漂漂亮亮的再創作。」所以說它是一種創作活動，是一種藝術。

但是，譯者的創作是要受到原文限制的，他不能隨心所欲、言原文所無，他必須忠於原著。嚴復提出的翻譯需具備信、達、雅三個要件，其中第一個「信」就是要「忠實不欺、誠信不假」；第二個「達」就是要「通暢達意」，窮塞不通或是辭不達意，便不能算是好的翻譯；第三個「雅」就是「純正不俗、高尚、風範」，可以包括文雅、古雅、風格，譯文應當反映出原作者的風格，也要有譯者自己的風格，所以翻譯時要達到這個「雅」字是很難的。

胡適曾說：「嚴又陵（嚴復，字又陵）說，好的翻譯是信、達、雅，嚴先生說的是『古雅』，現在我們如不求古雅，也必須要『好』，所謂『好』就是要讀者讀完之後要愉快。」

　　林語堂的翻譯三要件是要「忠實、通順、美」，他說：「譯者對原文有字字了解、而無字字譯出的責任，譯者所應忠實的不是原文的零字，而是零字所組成的語意。」又說：「譯者不但需求達意，並且還應以傳神為目的，譯者須忠實於原文的字神、句氣與言外之意。」

　　原作的文采由於作者的用字、風格、藝術造詣的不同，而有所差異，當然譯作不可能完全一樣，但是譯者應忠實地表達出原作的風格、丰姿，而不能任意加以美化，以增加文采，好的翻譯讀起來要流暢、愉快，而且有本國風味。

02／
翻譯需要的條件

　　林語堂在他的《論翻譯》一文中說到翻譯所依賴的條件是：

（一）譯者對於原文文字上及內容上透徹的了解。

（二）譯者有相當國文程度，能寫清順暢達的中文。

（三）譯事上的訓練，譯者對於翻譯標準及手術（技巧）的問題有正當的見
　　　解。

　　薩佛瑞（T. H. Savory）在他的《翻譯的藝術》（The Art of
Translation）一書中說過，一個優良的翻譯工作者應具備的條件有：

（一）對原文的理解力。

（二）對本國文字的操縱力。

（三）同情心、直覺、勤勉和責任感。

　　翻譯者除了要有認真負責的工作態度外，最重要的還是不斷的提高本身
的素質，除了語文的能力外還要有豐富的相關知識，像對該語文國的歷史、
文化、政治、經濟、地理環境、對該語文使用者的社會情況、風土人情、思
想、習俗等各方面的了解，反過來，對自己的語文及國情不能以為已經有了

基本知識，翻譯時就草率執筆，而不去查考證實，有時望文生訓是會鬧大笑話的。

　　總之，翻譯是艱辛的、複雜的心力活動，它沒有捷徑，要靠不斷的訓練、探討與實踐，它是社會的、文化的交流活動，它的表現可以是雙向的、多元化的、不同規律的，所以如何自我訓練、自我實踐並能充分利用當代科學發展的條件，力求翻譯之周全詳實以及個人翻譯技巧之精進，俾能順利完成翻譯之工作，是從事翻譯者最重要的課題與任務。

03/
韓語翻譯的技巧

　　各種語文有它自己的特色，這是來自它的文化本質，有它的歷史背景、地緣因素。由於語言結構上的差異，詞序、句法的不同，有時很長的一句韓語，若硬要用一整句把它翻譯過來，會很繞舌而不自然，沒有本國的風味，這時候不妨用兩句甚或三句譯出，反而來得更加完整、周延、貼切，也不失原文中全部意義，還有對文體風格的忠實。好的翻譯要能表達原作的精神，不能歪曲原作的面目；原文若是謹嚴的論說文，不能把它譯成輕鬆的記事文，或是激厲的辯論文；原文若是通俗的口語體，不能把它譯成文謅謅的文章體；若是粗俗俏皮的話語，不能譯成文雅歷練的詞句，總之，翻譯時首先必須字字句句細心琢磨，然後用通順流利好讀的規範化的語句，把原文的全部內容，忠實完整地再現出來。

　　有些韓國俗談、諺語之類的，並不能按照字面翻譯，像「낮 말은 새가 듣고, 밤 말은 쥐가 듣는다」就是「隔牆有耳」；「그 애비에 그 자식」/「그 아버지에 그 아들」就是「有其父必有其子」；「모기보고 칼 빼기」就是「小題大作」。再像我們說：「打是情，罵是愛」，若照字面譯成韓文，「때리는 것은 정이고, 욕하는 것은 사랑이다」在文法上完全正確，但是這並

非是很好的譯文，若是譯成「미워서 때렸느냐 사랑해서 때렸지」或「아프라고 때렸느냐 사랑에 넘쳐 때렸다」就很有韓國風味了。

　　還有些俗談用在不同的地方，有不同的意義，如：「입에 쓴 약이 병에는 좋다」中譯一是「良藥苦口」，二是「有苦痛才有收穫」。又譬如醫生說「這眼藥半小時點一次」，韓語是「이 안약을 반 시간마다 한 번씩 넣으세요」這個「點」字韓語用「넣다」，說「주사를 놓다」是打針，但接受打針的人卻要用「맞다」，比如說「這孩子今天打了預防針」，譯成韓文就是「이애가 오늘 예방주사를 맞았다」。同樣一個「打」字，韓文裡就要用不同的動詞來表達，如打球用「공을 치다」或「공놀이를 하다」；踢球用「공을 차다」，用其他動詞表現「打」的如：

打架 싸우다　　　　　　　　打盹兒 졸다
打水 물을 긷다　　　　　　　打鼾 코를 골다
打包 짐을 싸다　　　　　　　打蚊子 모기를 잡다
打傘 우산을 쓰다　　　　　　打主意 눈독을 들이다
打毛衣 털옷을 짜다　　　　　打官腔 벼슬장이 티를 내다
打鞦韆 그네를 뛰다　　　　　打前鋒 앞장 서다

　　用「하다」表現「打」的有：打籃球、排球、棒球、足球、網球。都可以用「하다」，即농구하다、배구하다、야구하다、축구하다、정구하다等，只要加上「하다」就行。其他用「하다」表現「打」的如：

打哈欠 하품하다　　　　　　打噴嚏 재채기를 하다
打嗝兒 딸국질하다　　　　　打折 할인을 하다
打飽嗝 트림을 하다　　　　　打交道 거래하다

打官司 소송하다 / 고소하다　　打電話 전화를 하다 / 전화를 걸다

打工 아르바이트를 하다　　打拳擊 권투하다 / 복싱하다

　　用「치다」表達「打」的如：

打桌球 탁구를 치다　　　　　打字 타자를 치다

打鼓 북을 치다　　　　　　　打電報 전보를 치다

打雷 천둥치다

　　值得注意的是，「치다」這一個動詞還有很多的用途，像鼓掌、彈鋼琴
等等，例如：

彈鋼琴 피아노를 치다　　　　拍翅膀 날개를 치다

打陀螺 팽이를 치다　　　　　篩粉 가루를 치다

打耳光 뺨을 치다　　　　　　割草 풀을 치다

鼓掌 손뼉을 치다　　　　　　砍頭 목을 치다

擲骰子 주사위를 치다　　　　編草袋 가마니를 치다

洗（撲克）牌 트럼프패를 치다　切蘿蔔絲 무우를 치다

釘釘子 못을 치다　　　　　　加醬油 간장을 치다

掛窗帘 카텐을 치다　　　　　搓繩 끈을 치다

撒網 그물을 치다　　　　　　逃跑 도망을 치다

搭帳棚 천막을 치다　　　　　掏溝 도랑을 치다

結蜘蛛網 거미줄을 치다　　　養蜂 벌을 치다

颳大風雪 눈보라 치다　　　　畫圈圈 동그라미 치다

波濤洶湧 파도 치다　　　　　考試 시험을 치다 / 시험을 보다

搖尾巴 꼬리를 치다

CHAPTER
2

韓國語中形象性語言的
中文翻譯

所謂「形象性」，就是以具體性及真實性，刻劃出人在現實生活中的一種文藝特性，然後將人的性格與生活的本質，用形象性語言予以一般化的表現。

　　譯法：

1.盡可能保留原文中的形象性語詞。

2.直譯時把原文的含意妥善譯出。

3.意譯時用漢語中的成語來表現。

　　有時遇到帶有民族特性的慣用語，很難找到對應的適切譯語，一般都採用意譯法，捨形求意，著重其真實內容與喻意的表達，原文的形象就置於次要地位，而有些熟語，則可譯成漢語中的歇後語之類的，以保持原文的比喻與生動性。

　　例如：「낮 말은 새가 듣고 밤 말은 쥐가 듣는다」是利用鳥與鼠似在偷聽說話的形象來比喻，要人說話小心，所以譯成「隔牆有耳」，又如「우물 안 개구리」用青蛙在井裡的形象，牠所見之天只有井口大，比喻沒有見過世面，或是見識不廣，所以譯成「井底之蛙」或「坐井觀天」頗為貼切。

　　在文學作品中，為了把事物的本質、人物的形象、所處的情景描述得更生動、感人，或更簡潔有力，作者也會運用形象性語詞來表現。

　　例如：風颳得很大，幾乎要把屋頂都掀開了。（威力驚人之形象）

　　　　　在那種伸手不見五指的黑漆環境中。（所處的情景）

　　　　　被圍困在死胡同裡，成了甕中之鱉，無處可逃。（人物形象的比喻）

　　　　　一樣的冬季，一樣的下起冰冷的雨。（嚴冬酷寒之形象）

　　所謂的俗諺，包括了「俗語」和「諺語」，其中俗語是熟語的一種，習慣用的固定詞組，而諺語則是民間所流傳的通俗語，依「漢書‧五行志」所說：「諺，俗所傳也」。「俗語」與「諺語」還可以從功能與語言形式來做區分，俗語是描述性，表情態的，是人們對事物、形象的評價或在意與否，較不講求音韻與形式的協調，而諺語則是說明性、知識性的，是人們在社會生活中知識經驗的總結，在語言形式上較講究工整與韻律。

　　俗諺依「辭海」的說明，是流行於民間的通俗語句，帶有一定的方言性，可包括諺語、俚語及常用的成語，其範圍甚廣。其中俚語就是鄉里間流傳的通俗言語，而成語乃是固定的詞組，其意義完整，結構定型，大多由四個字組成。另外，在文體上「成語」較有書面體的色彩，其用字較文雅，而「諺語」偏口語體，形象較通俗化。

　　俗諺乃是人們將實際生活上所體驗到的事理或情景藉語言來表達的經驗談，經過眾口長時間的流傳、修正，轉變為一種精煉的詞組或語句，所以俗諺可說是一種語言的結晶。

01
韓國諺語的翻譯

001. 가난한 집에 부부 싸움이 잦다 .

直 貧窮之家夫妻常吵架。

意 貧賤夫妻百事哀

▶ 가난하다 貧窮的　　　　　▶ 잦다 頻繁

002. 가난하면 거지 티가 난다 .

直 貧窮露出乞丐相。

意 ①窮形盡相　　　②醜態畢露

▶ 거지 乞丐　　　　　▶ 티 瑕疵；樣子；神態

003. 가는 토끼 잡으려다 잡은 토끼 놓친다 .

直 欲捉走兔，卻丟了手中之兔。

意 顧此失彼

▶ 토끼 兔　　　　　▶ 놓치다 失去

004. 가시어미는 눈 먼 사위도 곱다고 한다 .

直 丈母娘看瞎女婿也説好看。

意 丈母娘看女婿越看越有趣

▶ 가시어미 丈母；岳母　　　▶ 눈 멀다 眼瞎

005. 가는 말이 고와야 오는 말이 곱다 .

直 好話出去，才有好話回來。

意 ①你不說人禿，人不說你瞎　　　　②禮尚往來

③要怎麼收穫先那麼栽

006. 가물에 단 비 내린다 .

直 乾旱中降下了甜雨。

意 久旱逢甘霖

▶가물 乾旱　　　　　　　　▶단 비 甜雨（달다＋비）

007. 각시를 아끼면 처갓집 섬돌도 아낀다 .

直 愛妻的話，連妻家石階也愛惜。

意 愛屋及烏

▶각시 新娘；女娃娃（玩具）　▶아끼다 愛惜；節省

008. 같은 깃의 새는 같이 모인다 .

直 羽毛相同的鳥會聚在一起。

意 物以類聚

▶깃 羽毛；鳥巢；領子

009. 걷기도 전에 뛴다 .

直 還沒學會走就想跑。

意 自不量力

▶뛰다 跳；跑

010. 고기는 씹어야 맛이고 말은 해야 맛이다.

直 肉要嚼才有味，話要說才有意思。

意 燈不點不亮，話不說不明

▶씹다　嚼

011. 고기도 저 놀던 물이 좋다.

直 魚也喜歡曾遊玩過的水。

意 ①人怕陌生

　②好家難捨，熟地難離

012. 고양이가 알 낳을 노릇이다.

直 貓生蛋的事。

意 ①不可能的事　　　　②無稽之談

▶알 낳다　生蛋　　　▶노릇　工作；事情

013. 고생 끝에 낙이 있다.

直 辛苦至終就有樂。

意 苦盡甘來

▶고생（苦生）　辛苦；苦難

014. 곡식 이삭은 여물수록 고개를 숙인다.

直 穀穗越飽滿，頭越低下；空心則搖晃。

意 半瓶子水晃盪

▶이삭　穗　　　　　　▶여물다　成熟；飽滿

▶숙이다　（「숙다」之使動形）低下

015. 공든 탑이 무너지랴?

直 精心（花功夫）建造的塔會倒嗎？

意 皇天不負苦心人

▶ 공들다　花功夫　　　　▶ 탑　塔

▶ 무너지다　倒塌

016. 공자 앞에서 문자 쓴다.

直 在孔子面前寫字。

意 班門弄斧

▶ 문자　文字

017. 궁지에 몰린 쥐 고양이 문다.

直 被逼到窮途的老鼠會咬貓。

意 狗急跳牆

▶ 궁지　困境；絕境

▶ 물리다　（「무르다」之使動形）退；挪動

▶ 물다　咬；叮

018. 구더기 무서워 장 못 담글까?

直 能因怕蛆而不醃製豆醬嗎？

意 不能因噎廢食

▶ 구더기　蛆　　　　　　▶ 장　豆醬

▶ 담그다　浸泡；醃；釀

019. 구르는 돌은 이끼가 안 낀다 .

直 滾動的石頭不會生苔。

意 滾石不生苔

▶구르다 滾動　　　　　▶이끼 苔蘚

▶끼다 長（苔）；生（鏽）

020. 궁서가 고양이를 문다 .

直 窮鼠咬貓。

意 狗急跳牆

▶궁서 窮鼠（窮途之鼠）　　▶물다 咬

021. 그림의 떡 .

直 畫中之餅。

意 無濟於事

022. 그물에 든 고기 .

直 網中之魚。

意 動彈不得

▶그물 網　　　　　▶들다 進入

023. 기린이 늙으면 노마만 못하다 .

直 麒麟老了不如駑馬。

意 歲月不饒人

▶기린 麒麟；長頸鹿　　　▶노마 駑馬

024. 긴 병에 효자 없다 .

直 拖久的病無孝子。

意 久病無孝子

▶긴병 長期病；久病

025. 개 눈에는 똥만 보인다 .

直 狗眼裡只看到屎。

意 狗改不了吃屎

▶똥 屎

026. 개도 나갈 구멍을 보고 쫓아라 .

直 趕狗也要看牠有出路再趕。

意 ①不要逼人太甚　　　②不要趕盡殺絕

▶구멍 洞；孔　　　▶쫓다 趕

027. 개구리도 움쳐야 뛴다 .

直 青蛙也得縮身才能跳躍。

意 得先蹲才後跳（做任何事情都必須先有萬全準備）

▶개구리 青蛙　　　▶움치다＝움츠리다 蜷縮

028. 개 꼬리 삼년 두어도 황모 못 된다 .

直 狗尾巴放三年也不會變成黃毛。

意 狗尾難續貂

▶꼬리 尾巴　　　▶황모 黃毛

029. 개가 겨를 먹다가 말경에는 쌀을 먹는다 .

直 狗吃米糠，到後來就吃米。

意 得寸進尺

▶말경 結局；晚景；晚年

030. 개도 기름을 먹고는 짖지 않는다 .

直 狗也吃了肥肉之後就不叫。

意 吃人嘴軟，拿人手短

▶기름 脂肪；油

031. 개구리 올챙이 적 생각을 못 한다 .

直 青蛙不會回想蝌蚪時節。

意 ①好了瘡疤忘了傷　　　②得魚忘筌

▶올챙이 蝌蚪

032. 괴 다리에 기름 바르듯 한다 .

直 似在貓的腳底抹油一般。

意 暗渡陳倉

▶괴＝고양이 貓　　　　　▶다리 腿

▶바르다 抹；擦　　　　　▶ - 듯 하다 好像

033. 귀 막고 방울 도둑질한다 .

直 摀住耳朵偷鈴。

意 掩耳盜鈴

▶ - 질하다 做～行為

034. 귓불이 두꺼운 사람은 정력이 강하다 .

直 耳垂厚者精力旺盛。

意 耳大有福

▶귓불 耳垂 ▶두껍다 厚的

035. 계집 얼굴은 제 눈에 안경이다 .

直 女子的面貌是我的眼鏡。

意 情人眼裡出西施

▶막다 阻；攔；堵塞 ▶방울 鈴

036. 계란으로 바위치기 .

直 用雞蛋打岩石。

意 ①以卵擊石 ②杯水車薪

▶바위 岩石

037. 나가서 화목은 남자가 하고 들어서 화목은 여자가 한다 .

直 在外與人和睦相處是男人的事情，家中的和睦共處是女人的事情。

意 男主外，女主內

▶화목 和睦

038. 나그네 귀는 석 자라고 .

直 行旅者耳朵三尺長。

意 ①旅人見多識廣 ②行千里路勝過讀萬卷書

▶나그네 旅人 ▶석 자 三尺

039. 나무만 보고 숲은 못 본다 .

直 只看見樹木，沒能看見森林。

意 見樹不見林

040. 나무에 잘 오르는 놈이 떨어지고 헤엄 잘 치는 놈이 빠져 죽는다 .

直 善水者溺，善騎者墜。

意 各以其所善，反自為禍

▶나무에 오르다 爬樹　　　　▶헤엄치다 游泳

041. 나이 차서 미운 계집 없다 .

直 年歲增長後，沒有變醜的女孩。

意 女大十八變

▶차다 滿；達到（～程度）　▶밉다 醜

042. 낙화도 꽃이라고 .

直 落花也是花。

意 人老珠黃，餘韻猶存

043. 남자는 열 계집 마다 않는다 .

直 男人不會推卻十個女子。

意 食色性也

▶계집 女子　　　　　　　　▶않는다＝아니하다 不做

▶마다 않는다 不會不願意

044. 남의 꽃이 더 붉어보인다 .

直 他人的花看起來紅。

意 家花哪有野花香

▶ 보인다 （「보다」之被動、使動式）看起來

045. 남의 밥에 든 콩이 더 굵어 보인다 .

直 別人飯中的豆子看起來更大顆。

意 ①吃著碗內看著碗外 　　②貪得無厭

▶ 들다 進入 　　　　　▶ 굵다 粗

계란으로 바위치기
以卵擊石

046. 남의 밥은 맵고도 짜다 .

直 別人家的飯既辣又鹹。

意 婆家的飯碗不好端

047. 남편 주머니 돈은 내 돈이요 , 아들 주머니 돈은 사돈네 돈이다 .

直 丈夫口袋的錢是我的，兒子口袋的錢是親家的。

意 丈夫可靠，兒子靠不住

▶주머니 口袋　　　　　　　▶사돈네 親家

048. 낫 놓고 기역자도 모른다 .

直 放著鐮刀也不認識「ㄱ」字。

意 目不識丁

▶낫 鐮刀

049. 낮에는 눈이 있고 , 밤에는 귀가 있다 .

直 白天有眼，夜晚有耳。

意 ①隔牆有耳　　　　　　②説話小心

050. 낮 말은 새가 듣고 , 밤 말은 쥐가 듣는다 .

直 白天説話有鳥聽，晚上説話有老鼠聽。

意 隔牆有耳

051. 너무 (매우) 아껴서 손을 떼지 못하다 .

直 太愛惜了無法放開手。

意 愛不釋手

▶아끼다　愛惜　　　　　　▶떼다　放開

052. 높은 나무에는 바람이 세다 .

直 高樹臨風。

意 居高思危

▶세다　強

053. 누워서 떡 먹기 .

直 躺著吃米糕。

意 ①輕而易舉　　　　　　②易如反掌

▶눕다　躺

054. 눈에서 딱정벌레가 왔다갔다 한다 .

直 眼裡有甲蟲來來去去。

意 眼花撩亂

▶딱정벌레　甲蟲

055. 눈 위에 서리 친다 .

直 雪上加霜。

意 雪上加霜

▶서리　霜　　　　▶치다　下；颳；狂；捲 (大雨、大風、大霜、大雪)

056. 눈은 있어도 망울이 없다 .

直 有眼無珠。

意 有眼無珠

▶망울 小疙瘩；小珠兒

057. 늑대는 늑대끼리 노루는 노루끼리 .

直 狼與狼一夥，獐與獐一夥。

意 物以類聚

▶늑대 狼　　　　　　▶노루 獐

058. 늙은이가 젊은 첩 하면 불 본 나비 날뛰듯 한다 .

直 老漢娶少妾恰似蝴蝶撲火一樣。

意 老牛吃嫩草

▶늙다 老　　　　　▶젊다 年輕

▶첩 妾　　　　　　▶날뛰다 跳躍；跑

059. 내 몸이 중이면 중의 행세를 하라 .

直 我是和尚的話就去做和尚的事。

意 做一天和尚敲一天鐘

▶행세를 하다 以～自居

060. 달아나는 노루 보고 얻은 토끼를 놓았다 .

直 看到跑過的獐，放了手中的兔。

意 ①顧此失彼　　　　　　②貪多必失

　③得隴望蜀

▶달아나다　奔馳；逃跑　　▶노루　獐

061. 도둑을 맞으려면 개도 짖지 않는다 .

直 要遭小偷的話，連狗都不叫。

意 ①倒霉倒到家　　　　　　②福無雙至，禍不單行

▶맞다　遭（竊）；淋（雨）　▶짖다　吠；鳴

062. 독안에 든 쥐 .

直 進入甕中的老鼠。

意 甕中之鱉

▶독　缸；甕

063. 돈만 있으면 귀신도 부릴 수 있다 .

直 只要有錢，即可使喚鬼神。

意 有錢能使鬼推磨

▶귀신（鬼神）鬼　　　　　▶부리다　使喚；操縱

064. 두 손뼉이 맞아야 소리가 난다 .

直 要兩個手掌相合，才能發出聲音。

意 孤掌難鳴

▶맞다　相對

065. 되로 주고 말로 받는다 .

直 給一升，得一斗。

意 ①施與得乃因果報應　　②好心有好報

　　③小斗進，大斗出

▶되 升　　　　　　　　▶말 斗

066. 되면 더 되고 싶다 .

直 好，想要更好。

意 貪心不足

067. 될성부른 나무는 떡잎부터 알아 본다 .

直 可能茁壯的樹，從芽苞即可看出。

意 ①由小看大　　　　　②人看細，馬看蹄

▶될성부르다 有前途；有希望

▶떡잎 芽苞

068. 마음이 열두 번씩 변사를 한다 .

直 人心每每十二變。

意 人心多變

▶변사（變詐） 變化無常

069. 말은 청산유수 같다 .

直 話如青山流水。

意 口若懸河

▶청산유수 青山流水

070. 말이 말을 만든다 .

直 話生話。

意 ①寄錢會少，寄話則多　　②話傳三人，本意不見

▶만들다 製造；做

071. 말이 많으면 실언이 많다 .

直 話語多則失言多。

意 言多必失

072. 말 살에 쇠 살 .

直 馬肉對牛肉。

意 牛頭不對馬嘴

073. 말 살에 쇠 뼈다귀 .

直 馬肉對牛骨。

意 風馬牛不相及

▶살　肉　　　　　　　　　▶뼈다귀　「骨」的俗稱

▶쇠＝소의　牛的

074. 말하면 백 냥금이요 , 입 다물면 천 냥금이다 .

直 說話百兩金，閉嘴千兩金。

意 沉默是金

▶백 냥　百兩　　　　　　　▶다물다　閉（嘴）；沉默

▶천 냥　千兩

075. 맑은 물에는 고기 안 논다 .

直 清淨的水裡魚不游。

意 水至清則無魚

076. 먼 사촌보다 가까운 이웃이 낫다 .

直 比起遠親，鄰居更好。

意 遠親不如近鄰

▶멀다 遠

▶사촌（四寸） 堂兄弟姊妹

▶가깝다 近的

▶이웃 鄰

077. 먼 산 보고 욕하기 .

直 望著遠山辱罵。

意 指桑罵槐

▶욕하다 辱罵

078. 모기 보고 환도 빼기 .

直 見到蚊子拔佩劍。

意 殺雞用牛刀

▶모기 蚊

▶환도 環刀；佩劍

079. 모르면 약이요 , 아는 것이 병 .

直 不知者是藥，知者是病。

意 ①不知者無罪　　　　②懷璧其罪

　　③懷玉有罪

▶맑다 清的

080. 못된 송아지 엉덩이에 뿔난다.

直 醜小牛屁股長角。

意 醜人多作怪

▶송아지 (송의 아지) 小牛　　▶엉덩이 屁股

▶뿔 角

081. 무는 개 짖지 않는다.

直 咬人的狗不叫。

意 深藏不露

082. 물은 건너 보아야 알고, 사람은 지내 보아야 안다.

直 水要涉過才知深淺，人要交往才知好壞。

意 ①試過才知究竟

　②路遙知馬力，日久見人心

▶지내다 過活；過日子　　▶지내보다 試著一起生活

083. 물이 깊어야 고기가 모인다.

直 魚需深水才會群聚。

意 德高望重

▶모이다 聚集

084. 물이 깊을수록 소리가 없다.

直 水越深越無聲。

意 ①靜水深流　　　　②深水無聲

▶깊다 深

085. 미꾸라지 한 마리가 온 강물을 흐린다 .

直 一條泥鰍弄渾一江水。

意 一粒老鼠屎弄壞一鍋粥

086. 미꾸라지 한 마리가 한강 물을 다 흐린다 .

直 一條泥鰍弄渾了整條漢江的水。

意 一粒老鼠屎壞了整鍋粥

▶미꾸라지 泥鰍　　　　▶흐리다 渾濁；陰沉

087. 밑 빠진 독에 물 채우기 .

直 在無底的甕裡加水。

意 ①毫無用處　　　　②白忙一場

③徒勞無功

▶밑 底　　　　▶채우다 加滿（水）；冰鎮；冷藏

088. 맺은 놈이 풀지 .

直 打結的人去解開結。

意 解鈴還須繫鈴人

▶맺다 繫；結　　　　▶풀다 解（開）

089. 메기 아가리 큰 대로 다 못 먹는다 .

直 闊嘴魚，嘴再大也不能全吞下。

意 ①嘴大喉嚨小　　　　②別貪心

▶메기 鮎魚　　　　▶아가리 嘴

090. 바늘 가는 데 실이 간다.

直 針到那裡，線也到那裡。（針穿鼻子眼穿線）

意 ①秤不離陀　　　　②形影不離

091. 번한 눈에는 미인이 따로 없다.

直 看中意時，眼裡沒有別的美人。

意 情人眼裡出西施

▶번하다 明亮；清楚；中意

모기 보고 환도 빼기
見到蚊子拔配刀（殺雞用牛刀）

092. 벌집을 건드렸다 .

直 捅了蜂窩，自己遭殃。

意 自作孽，不可活

▶벌집 蜂窩　　　　　　　　▶건드리다 觸動；惹

093. 범을 그리려다 개를 그린다 .

直 欲畫虎卻畫成狗。

意 畫虎不成反類犬

▶그리다 畫；繪　　　　　　▶그리려다 想畫

094. 범의 꼬리를 잡고 놓지 못한다 .

直 抓住虎尾巴放不得。

意 騎虎難下

▶꼬리 尾巴

095. 복은 쌍으로 안 오고 화는 홀로 안 온다 .

直 福無雙至，禍不單行。

意 福無雙至，禍不單行

▶쌍으로 成雙地　　　　　　▶홀로 單獨地

096. 봉사가 코끼리 더듬어 보기다 .

直 瞎子試摸大象。

意 瞎子摸象

▶봉사 盲人　　　　　　　　▶코끼리 象

▶더듬다 摸；回想；口吃　　▶ - 아 / 어 보다 試看看～

097. 부뚜막의 소금도 집어 넣어야 짜다 .

直 灶頭上的鹽，也要放了才會鹹。

意 力行見效

▶ 부뚜막 灶頭；鍋台　　▶ 집다 夾；鉗；拾

098. 부부 싸움은 개 싸움이다 .

直 夫婦爭吵是狗打架。

意 夫妻床頭吵，床尾和

099. 부처 같은 사람도 춥고 배고프면 도둑질한다 .

直 如果饑餓受凍的話，就算像佛陀般的人也會偷盜。

意 飢寒生盜心

▶ 부처 佛

100. 불면 꺼질까 쥐면 터질까 .

直 吹的話怕熄滅，抓的話怕擠破。

意 抓緊了怕捏死，鬆了怕飛走

▶ 꺼지다 熄滅　　▶ 터지다 脹破；擠破

101. 불난 데 부채질한다 .

直 在失火的地方搧扇子。

意 ①火上加油　　②見火搧風

▶ 부채 扇　　▶ - 질하다 做～行為

102. 불 안 땐 굴뚝에 연기 날까？

直 沒點火的煙囪會出煙嗎？

意 事出必有因

▶때다 生（火）；燒（火）　▶굴뚝 煙囪

103. 불난 집에 부채질한다．

直 給失火的屋子搧扇子。

意 火上加油

▶부채질하다 搧扇子

104. 비 온 뒤에 죽순 솟듯 한다．

直 如下雨後冒出竹筍一般。

意 雨後春筍

▶죽순 竹筍　　　　　　▶솟다 冒出；噴出；湧出

▶-듯 하다 如～一般

105. 빈 수레가 더 요란하다．

直 空車子更吵。

意 半瓶水，響叮噹

▶비다 空的　　　　　　▶수레 車

▶요란하다 嘈雜；哄亂

106. 배 먹고 이 닦기 .

直 吃了梨子刷了牙。

意 一舉兩得

▶ 닦다 擦；刷

107. 백 번 찍어 안 넘어가는 나무 없다 .

直 沒有砍一百次不倒的樹。

意 有恆為成功之本

▶ 찍다 砍；啄；蓋章；拍照　▶ 넘어가다 倒下

108. 병에 가득 찬 물은 저어도 소리가 나지 않는다 .

直 滿瓶的水，搖也不出聲。

意 一瓶子不滿，半瓶子晃蕩

▶ 젓다 搖；揮動；划　　　　▶ 가득 滿

▶ 차다 充滿（adv.）

109. 사자 없는 산에 토끼가 대장 노릇한다 .

直 獅子不在的山裡，兔子當大將。

意 山中無老虎，猴子稱大王

▶ 대장 大將　　　　　　　▶ 노릇하다 當；做

110. 사람의 새끼는 서울로 보내고 , 마소의 새끼는 시골로 보내라 .

直 人子送首爾，馬牛仔送鄉下。

意 因材施教

111. 사흘 길에 하루쯤 가서 열흘씩 눕는다 .

直 三天的路程，走一天躺十天。

意 ①三天打魚，兩天曬網　②一曝十寒

▶ 사흘　三天　　　　　▶ 열흘　十天

▶ -씩　每～

112. 사또 떠난 뒤에 나팔 분다 .

直 官員走後才吹喇叭。

意 放馬後炮

▶ 사또（使道）　官員　　　▶ 나팔 불다　吹喇叭

113. 삶은 닭이 울까 ?

直 煮了的雞會啼叫嗎 ？

意 不可能的事

▶ 삶다　煮

114. 서당 개 삼년에 풍월을 읊는다 .

直 書堂的狗三年會吟詩。

意 近朱者赤，近墨者黑

▶ 풍월　風月　　　　　▶ 읊다　吟

115. 소 잃고 외양간 고친다 .

直 牛丟失後再修廐房。

意 亡羊補牢

▶ 잃다　遺失　　　　　▶ 외양간　廐房

▶ 고치다　修改

116. 소경이 개천을 나무란다.

直 瞎子罵河川。

意 不會駛船嫌水彎

▶소경 瞎子；盲人　　▶개천（開川） 河

▶나무라다 責罵

117. 손가락으로 하늘 찌르기.

直 用手指刺天。

意 不知天高地厚

▶찌르다 刺；插

118. 손바닥 뒤집듯.

直 好像翻手掌。

意 易如反掌

▶손바닥 手掌　　▶뒤집다 翻；顛倒

119. 수박 겉 핥기.

直 舐西瓜皮。

意 隔靴搔癢（구두 신고 발등 긁기.）

▶겉다 外皮；表面　　▶핥다 舐　　▶긁다 搔

120. 숲 속의 꿩은 개가 쫓고, 오장의 말은 술이 내쫓는다.

直 叢林中的雉要狗來追，（五臟）心中的話要酒來催。

意 酒後吐真言

▶꿩 雉　　▶오장 五臟

▶내쫓다 趕走；趕出去

121. 시작이 반이라 .

直 開始是成功的一半。

意 ①好的開始是成功的一半

②萬事起頭難；坐而言不如起而行

122. 시렁 눈 부채 손 .

直 棚架眼，扇子手。

意 眼高手低

▶시렁 擱板；棚架   ▶부채 扇子

123. 새끼 많은 소 멍에 벗을 날 없다 .

直 多產的牛永無脫離軛的日子。

意 多子多愁（比喻孩子越多的父母只會更辛苦）

▶멍 淤血；軛   ▶벗다 脫；擺脫；除去

124. 세살 적 버릇이 여든까지 간다 .

直 三歲時的習慣會持續到八十。

意 ①從小看大   ②舊習難改

▶세살 三歲   ▶여든 八十

125. 쇠 뿔은 단김에 빼라 .

直 牛角要趁熱時拔掉。

意 打鐵趁熱

▶단김에＝단결에 趁熱；不失時機   ▶빼다 拔除

126. 아내에게 한 말은 나도 소에게 한 말은 나지 않는다.

直 對妻子說的話會洩漏，對牛說的話不會。

意 女人嘴不牢靠

127. 아내가 귀여우면 처가집 말뚝 보고도 절을 한다.

直 妻子可愛的話，看到妻家牛樁也鞠躬。

意 愛屋及烏

▶귀엽다　可愛　　　　　　▶말뚝　樁子

▶절하다　行禮

128. 아내와 술은 묵을수록 좋다.

直 妻與酒越陳越好。

意 酒越陳越香，妻則日久知性情

▶묵다　陳；舊；逗留　　　▶-ㄹ수록　越～越

129. 아는 길도 물어가라.

直 認得的路也問一下再走。

意 做事要小心謹慎

▶묻다　問

130. 아무리 바빠도 바늘 허리 매어 못 쓴다.

直 不管再怎麼忙，也不能把線綁在針的腰部來使用。

意 ①忙中也得有序　　　②欲速則不達

▶허리　腰　　　　　　　▶매다　綁；繫

131. 암탉이 울면 집안이 망한다 .

直 母雞啼的話，家亡。

意 牝雞司晨

▶암탉 母雞 　　　　　　▶집안 家內

132. 알몸뚱이는 벗길 옷도 없다 .

直 光身漢沒可剝的衣裳。

意 赤貧如洗

▶알몸뚱이 （「알몸」之俗稱）裸體；光身

▶벗기다 （「벗다」之被動、使動形）剝；解（扣）；掀開

133. 어려서 고생 안하면 늙어 부질없이 슬퍼질 따름이다 .

直 少年不吃苦，老大徒傷悲。

意 少壯不努力，老大徒傷悲

▶부질없이 無用 　　　　　▶슬프다 悲哀

▶어지다 變得 　　　　　　▶- ㄹ 따름이다 只有～

134. 어른 말을 들으면 자다가도 떡이 생긴다 .

直 聽老人言，即使睡覺也有米糕可吃。

意 不聽老人言，吃虧在眼前

▶어른 大人；長輩 　　　　▶생기다 產生；有；到手

135. 엎지른 물 .

直 潑出去的水。

意 覆水難收

▶ 엎지르다 打翻

136. 엎어져 가는 놈 꼭뒤 찬다 .

直 踢跌倒者後腦勺。

意 落井下石

▶ 엎어지다 跌倒；翻倒　　▶ 꼭뒤 後腦勺

▶ 차다 踢

원수 외나무 다리에서 만난다 .
獨木橋上遇仇人（冤家路窄）

137. 옥에도 티가 있다 .

直 玉也會有瑕疵。

意 ①人都有缺點　　　　　　②美中不足

138. 옷이 날개다 .

直 衣服是翅膀。

意 人要衣裝

▶날개　翅膀

139. 이불안 활개 친다 . (이불 속에서 활개 친다 .)

直 在被子裡拍翅。

意 虛張聲勢

▶이불　被子　　　　　　　▶활개　伸開的手腳；展開的翅膀

140. 입은 거지는 얻어 먹어도 벗은 거지는 못 얻어 먹는다 .

直 穿衣的乞丐有得討，光身的乞丐沒得討。

意 人要衣裝

▶얻어먹다　討（吃）；受人請客

141. 입에서 젖내가 난다 .

直 口出乳臭。

意 乳臭未乾

▶젖내　乳臭　　　　　　　▶내＝냄새　氣味

142. 입이 원수다 .

直 嘴是仇人。

意 禍從口出，病從口入

143. 입이 여럿이면 금도 녹인다 .

直 嘴多的話，金也熔。

意 眾口鑠金

▶녹이다 （「녹다」之使動形）熔；融

144. 외 덩굴에 가지 열릴까 .

直 黃瓜藤上會長出茄子嗎？

意 狗嘴吐不出象牙

▶외 小黃瓜　　　　▶가지 茄子　　　▶열리다 結果（實）

145. 외 손뼉이 울랴 ?

直 孤掌會響嗎？

意 孤掌難鳴

▶손뼉 手掌　　　　▶울다 哭；響；鳴

146. 원숭이도 나무에서 떨어진다 .

直 猴子也會從樹上落地。

意 善泳者溺

▶원숭이 猴　　　　▶떨어지다 掉落

147. 원수 외나무 다리에서 만난다 .

直 獨木橋上遇仇人。

意 冤家路窄

▶원수 冤仇 ▶외나무 獨木

148. 양미간이 넓으면 소견이 트이었다 .

直 雙眉開闊的話，心胸廣闊。

意 雙眉開闊見識廣

▶양미간 兩眉間 ▶트이다 開朗

149. 얕은 내도 깊게 건너라 .

直 過淺溪也要如渡深水一般。

意 如臨深淵，如履薄冰（行事小心）

▶얕다 淺的 ▶건너다 越過；渡過

150. 열 손가락에 어느 손가락 깨물어 아프지 않을까 ?

直 十根手指哪個咬了不痛？

意 ①手心手背都是肉 ②十個指頭十個痛

▶깨물다 咬 ▶아프다 痛

151. 열 길 물속은 알아도 한 길 사람속은 모른다 .

直 就算十個人高的水深能知道，也不知道一個人的內心。

意 知人知面不知心

▶길 一人高

152. 열흘 붉은 꽃 없다 .

直 沒有十日紅的花。

意 人無千日好，花無百日紅

▶열흘 十天

153. 자라 보고 놀란 가슴 솥뚜껑 보고 놀란다 .

直 見到鱉驚嚇後，連見到鐵鍋蓋也吃驚。

意 ①一朝被蛇咬，十年怕草繩

②驚弓之鳥 ③杯弓蛇影

▶자라 鱉 ▶놀라다 驚嚇

154. 죽은 정승이 산 개만 못하다 .

直 死丞相不如活狗。

意 ①好死不如歹活 ②死皇帝不如生叫化

▶정승（政丞） 丞相

155. 죽을 때 편히 죽는 건 오복의 하나 .

直 死時平安的死，是五福（壽、富、寧、好德、善終）之一。

意 好死也是福

▶오복 五福

156. 죽을 땅에 빠진 후에 산다 .

直 陷入死境才得還生。

意 至於死地而後生

▶빠지다 陷入；跌落

157. 중이 고기 맛을 알면 법당에를 오른다 .

直 和尚知肉味後登上法堂。

意 一旦食髓知味便得意忘形

▶중 僧

158. 중 도망은 절에나 가 찾지 .

直 和尚跑了就到廟裡去找啊。

意 跑得了和尚跑不了廟

▶절 寺 ; 廟　　　　　▶찾다 找

159. 지성이면 감천 .

直 至誠感天。

意 至誠感天

▶지성 至誠　　　　　▶감천 感天

160. 재미 나는 (산) 골에 범 난다 .

直 好玩的山谷會蹦出老虎。

意 夜路走多了會遇到鬼

▶재미나다 有趣　　　　▶산골 山谷

161. 제가 기른 개에게 발꿈치 물린다 .

直 被自己養的狗咬了腳後跟。

意 自作自受

▶기르다 養育　　　　▶발꿈치 後腳跟

162. 쥐구멍으로 소 몰려 한다.

直 趕牛進鼠穴。

意 乘車入鼠穴，不可能的事

163. 찬물에 덴다.

直 被冷水燙到。

意 離譜的謊言

▶데다 燙傷

164. 참새가 작아도 알을 낳는다.

直 麻雀雖小也會生蛋。

意 麻雀雖小，五臟俱全

165. 천리길도 첫 걸음으로 시작한다.

直 千里路也從第一步開始。

意 千里之行始於足下

▶첫 걸음 第一（初）步

166. 천만 재산이 서투른 기술만 못하다.

直 千萬財產，不如笨拙的技術。

意 一技在身勝過萬貫家財

▶서투르다 陌生的；不熟練

167. 체면이 사람 죽인다 .

直 面子害死人。

意 顧了面子，失了裡子

▶죽이다 （「죽다」之使動形）殺死；害死

168. 취중에 진담 나온다 .

直 醉中出真談。

意 酒後吐真言

▶취중 醉中

169. 콩 심은 데 콩나고 팥 심은 데 팥난다 .

直 種黃豆出黃豆，種紅豆出紅豆。

意 種瓜得瓜，種豆得豆

▶심다 種

170. 키 크면 속이 없고 , 키 작으면 자발이 없다 .

直 個子大的沒心機，個子小的不穩重（輕浮）。

意 矮子矮，一肚子拐

▶키 身高；個子　　　　　▶속 內心；裡；餡

▶자발 없다 急性；不穩重

171. 타향에서 만난 고향 친구다 .

直 在他鄉遇見的故鄉朋友。

意 他鄉遇故知

172. 투기 없는 여자 없고 먹지 않는 종 없다 .

直 沒有不嫉妒的女人，沒有不偷吃的僕人。

意 當然的事

▶ 투기 妒嫉　　　　　　　▶ 종 奴婢；僕人

173. 티끌 모아 태산 .

直 集塵成泰山。

意 積沙成塔

▶ 티끌 塵芥

174. 팔자가 늘어졌다 .

直 八字增長了。

意 ①時來運轉　　　　　　②苦盡甘來

▶ 늘어지다 變長；下垂；變慢

175. 하늘이 정해 준 배필이다 .

直 上天定的匹配。

意 ①天賜良緣　　　　　　②天作之合

▶ 정하다 定　　　　　　　▶ 배필 配匹

176. 하늘이 무너져도 솟아날 구멍이 있다 .

直 天塌下來也有鑽出去的洞。

意 天無絕人之路

▶ 무너지다 塌；垮　　　　▶ 솟다 湧出；噴出

177. 하늘 보고 손가락질한다.

直 對天指責。

意 自不量力

178. 하룻 강아지 범 무서운 줄 모른다.

直 出生一天的小狗，不知道老虎可怕。

意 初生之犢不畏虎

179. 한 집 닭이 울면 온 동네 닭이 운다.

直 一家雞叫全村雞啼。

意 ①一犬吠形，百犬吠聲　②吠聲吠影

▶닭 雞　　　　　　　　　▶온 동네 全村

180. 한 술 밥에 배 부르랴?

直 一杓子飯豈能飽肚。

意 ①凡事非一蹴可幾　　　②一口飯吃不飽人

　③一步邁不到天上

▶한 술 一杓；一匙　　　▶부르다 飽；鼓起

181. 한 말 등에 두 길마 지울까?

直 一馬不能配雙鞍。

意 一女不侍二夫

▶길마 馱鞍　　　　▶지우다（「지다」之使動形）背負；擔負

182. 한시를 참으면 백 날이 편하다 .

直 忍一時百日安。

意 忍一時風平浪靜

▶참다 忍　　　　　　▶편하다 平安

183. 한숨도 버릇된다 .

直 嘆氣成習慣。

意 ①習慣成自然　　　　②癖性難改

▶한숨 嘆氣；嘆息　　　▶버릇 習慣

한 집 닭이 울면 온 동네 닭이 운다 .
一家雞叫全村雞啼（吠聲吠影）

184. 호랑이도 제 말 하면 온다 .

直 老虎也會在提及牠時到來。

意 説曹操，曹操就到

▶범＝호랑이　老虎

185. 호랑이 굴에 가야 (호랑이) 새끼를 잡는다 .

直 入虎穴才能抓到虎子。

意 不入虎穴，焉得虎子

▶새끼　小畜生；小子（罵語）

186. 호랑이도 제 숲만 떠나면 두리번거린다 .

直 虎離開原居的叢林，也會不知所措。

意 虎落平陽被犬欺

▶두리번거린다　環顧四周；不知所措

187. 호랑이 제 새끼 안 잡아먹는다 .

直 老虎不會捕食自己的孩子。

意 虎毒不食子

▶잡아먹는다（잡다＋먹는다）　抓來吃

188. 호박 덩굴과 딸은 옮겨 놓은 데로 간다 .

直 胡瓜藤和女兒移往哪兒就去哪兒。

意 嫁雞隨雞

▶호박　胡瓜；南瓜　　　　▶덩굴　藤

▶옮기다　搬移

189. 흐린 물도 윗물부터 가라앉아야 아랫물도 맑아진다 .

直 濁水也要上游沉澱了，下游水才會變清。

意 ①上行下效　　　　　②上樑不正下樑歪

▶윗물　上游　　　　　▶가라앉다　沉澱；平靜

190. 해변 강아지 범 무서운 줄 모른다 .

直 海邊小狗不知虎可怕。

意 初生之犢不畏虎

▶무섭다　可怕　　　　　▶-ㄴ 줄 모르다　不知~

191. 효성이 지극하면 돌 위에 풀이 난다 .

直 孝誠至極的話，岩石上也會長出草來。

意 孝誠感天，金石為開

▶풀　草

192. 까마귀 열두 가지 소리 하나도 고울 리 없다 .

直 烏鴉十二種啼叫聲，沒一種好聽。

意 狗嘴裡吐不出象牙來

▶까마귀　烏鴉　　　　　▶곱다　美的

193. 까마귀가 메밀을 마다한다 .

直 烏鴉推辭蕎麥。

意 虛情假意

▶메밀　蕎麥　　　　　▶마다하다　推辭；拒絕

194. 까마귀가 까치보고 검다 한다 .

直 烏鴉笑喜鵲黑。

意 五十步笑百步

▶까마귀　烏鴉　　　　　　　▶까치　喜鵲

195. 꽃 본 나비요 , 물 본 기러기다 .

直 似見了花的蝴蝶，見了水的雁。

意 如魚得水

▶나비　蝶　　　　　　　　　▶기러기　雁

196. 꿩 먹고 알 먹는다 .

直 吃了雉雞又吃了蛋。

意 ①一舉兩得　　　　　　　②一箭雙鵰

197. 똥 묻은 개가 겨 묻은 개 나무란다 .

直 沾了屎的狗責備沾了稻殼的狗。

意 ①五十步笑百步　　　　②半斤八兩

▶묻다　沾　　　　　　　　　▶겨　糠；稻穀

▶나무라다　責罵

198. 빠른 바람에 굳센 풀을 안다 .

直 疾風知勁草。

意 歲寒知松柏

▶빠르다　快速的　　　　　　▶굳세다　堅強的；有力的

199. 뿌리 없는 나무에 잎이 필까 ?

直 無根的樹會長葉子嗎 ?

意 無風不起浪

▶뿌리　根

▶피다　花（開）；長（葉）

200. 쌀은 쏟고 주워도 말은 하고 못 줍는다 .

直 米撒了還可撿起來，話說了則無法撿。

意 一言既出，駟馬難追

▶쌀　米

▶쏟다　倒；傾注

▶줍다　撿拾；啄

02/
韓國俗談的翻譯

韓國語中的「俗談」（속담）就是我們說的俗語或俗話。

001. 가지 많은 나무 바람 잘 날이 없다 .

直 枝葉茂盛的樹木，風不止。

意 樹大招風

▶가지 樹枝；茄子；種類　　　▶자다 睡；停（風；鐘錶）

002. 가는 날이 장날이다 .

直 去的日子正好是市集日。

意 ① 好巧不巧　　　　　② 來得早不如來得巧

　③ 撲了個空（運氣不佳，去拜訪的朋友剛好去趕市集）

▶장 市場；市集　　　　▶장날 市集日

003. 가랑비에 옷 젖는 줄 모른다 .

直 不知毛毛雨會沾濕衣裳。

意 ①滴水可穿石　　　　②小事不防上大當

▶가랑비 毛毛雨　　　　▶젖다 濕；沾染

004. 간에 기별도 안 갔다 .

直 食物訊息未達肝臟。

意 量少，連塞牙縫都不夠

▶기별　訊息；通知

005. 강물도 쓰면 준다 .

直 如果要用，河水也給。

意 近水莫枉用水，近山莫枉燒柴

006. 같은 값이면 다홍치마 .

直 若是價格相同，就選大紅裙。

意 ①有紅裝不要素裝

　　②有月亮不摘星星

▶다홍　大紅　　　　　▶치마　裙

007. 거적문에 돌쩌귀 .

直 草簾窗上加鐵框。

意 牛頭不對馬嘴（言事物不相稱者）

▶거적　草簾　　　　　▶돌쩌귀　鉸鏈；樞紐；合葉

008. 걷기도 전에 뛰려고 한다 .

直 還不會走就想跑。

意 自不量力

009. 고기는 씹어야 맛이고 말은 해야 맛이다 .

直 肉要嚼才有味，話要説了才有意思。

意 ①有話直説

　　②燈不點不亮，話不説不明

010. 고기도 저 놀던 물이 좋다 .

直 魚也喜歡自己熟悉的水域。

意 好家難捨，熟地難離（人喜愛熟知的伴侶與環境）

011. 고래 싸움에 새우등 터진다 .

直 鯨戰蝦死。

意 ①強者相鬪，弱者遭殃

　　②城門失火，殃及池魚

▶고래 鯨魚　　　　　　　▶새우 蝦子

▶터지다 裂

012. 고양이 앞에 쥐 걸음 .

直 貓前鼠步。

意 動彈不得

013. 고추는 작아도 맵다 .

直 辣椒雖小，卻夠辣。

意 ①小辣椒才夠勁兒

　　②秤錘雖小，能壓千斤

014. 공든 탑이 무너지랴 ?

直 積功之塔不倒塌。

意 皇天不負苦心人

015. 구더기 무서워 장 못 담글까 ?

直 怕蛆就不做醬了嗎 ?

意 不能因噎廢食

▶구더기 蛆　　　　　　　▶담그다 醃泡；釀製

016. 구렁이 담 넘어가 듯 .

直 如蟒越牆之勢。（大蟒蛇爬牆一般）

意 ①祕而不宣　　　　　②含糊其辭

▶구렁이 蟒

017. 구슬이 서말이라도 꿰어야 보배라 .

直 珍珠三斗也得串起來才是寶。

意 玉不琢，不成器

▶구슬 珍珠　　　　　　　▶서말 三斗

▶꿰다 串（珠）

018. 굼벵이도 밟으면 꿈틀한다 .

直 蚯蚓被踩的話也會蠕動。

意 狗急跳牆

▶굼벵이 蚯蚓　　　　　　▶꿈틀하다 蠕動

019. 굿이나 보고 떡이나 먹자.

直 看熱鬧之後吃個米糕吧。

意 ①袖手旁觀　　　　　②坐享其成

　　③作壁上觀

▶굿 熱鬧事；巫術；墓穴

020. 기와 한장 아껴서 대들보 썩힌다.

直 惜一瓦屋樑挫。

意 因小失大

▶기와 瓦　　　　　　▶아끼다 惜

▶대들보 大樑　　　　▶썩히다 被腐蝕

021. 기지도 못하면서 뛰려고 한다.

直 爬都還不會爬就想跑。

意 ①為時尚早　　　　　②自不量力

▶기다 爬

022. 길이 아니면 가지말고 말이 아니면 탓하지 말라.

直 路不對不要走，話不對也不要責怪。

意 路不像路不要走，話不像話別去理（違背事理的事情，別碰）

▶탓하다 責怪

023. 길고 짧은 것은 대어 보아야 안다 .

直 長短要接觸後方能知曉。

意 路遙知馬力，日久見人心

▶대어 보다　接觸看看

024. 김 안나는 숭늉이 더 뜨겁다 .

直 不冒煙的鍋巴湯更燙。

意 會咬人的狗不叫

▶김　蒸氣；氣息　　　　▶숭늉　鍋巴湯

▶뜨겁다　燙

025. 개똥도 약에 쓰려면 없다 .

直 若要用在藥裡，狗屎也稀貴。

意 狗屎比比皆是，一旦當藥時就找不到（比喻很平常的東西，
需要的時候就很難找到）

▶개똥　狗屎

026. 개밥에 도토리 .

直 狗飯中的橡實。

意 ①比喻不能與人相融者　　②比喻被眾人嫌棄而孤立的人

▶도토리　橡實

027. 개구리 올챙이 적 생각 못한다 .

直 青蛙無法記得當蝌蚪的時節。

意 ①得了金飯碗，忘了叫街時

　　②好了瘡疤忘了傷　　③得魚忘筌

028. 개구리도 움쳐야 뛴다 .

直 青蛙也得跼後再躍。

意 先蹲後跳（比喻做任何事情都必須先有萬全的準備）

▶움치다　蜷縮

029. 개미 쳇바퀴 돌듯 한다 .

直 如螞蟻原地打轉一般。

意 徒勞無功（原地打轉，毫無進展）

▶쳇바퀴　篩圈（篩子的周圍）

030. 개살구도 맛 들일 탓 .

直 因為喜歡，野杏也變好味。

意 感興趣的話，棘手的事也會變好（再苦也能樂在其中）

▶개살구　野杏　　　　　▶들이다　使入（味）

▶탓　原因

031. 개천에서 용 난다.

直 水溝裡出龍。

意 ①英雄不怕出身低　　②茅屋出高賢

　　③窮山溝裡出狀元

▶개천　水溝

032. 게도 구럭도 다 잃었다.

直 螃蟹與網袋俱失。

意 ①偷雞不著蝕把米　　②賠了夫人又折兵

▶구럭　網袋

033. 게 눈 감추듯 한다.

直 如蟹闔眼般迅速。

意 ①迅雷不及掩耳之勢　　②狼吞虎嚥

▶눈 감추다　闔眼

034. 귀에 달면 귀고리 코에 걸면 코고리.

直 掛在耳朵是耳環，掛在鼻子是鼻環。

意 ①名稱可因地處而不同　　②言人人殊

　　③人嘴兩張皮　　　　　　④咱說咱有理

▶달다　掛；釘　　　　　▶귀고리＝귀걸이　耳環

▶걸다　掛；戴　　　　　▶코고리＝코걸이　鼻環

035. 귀막고 방울 도둑질 한다 .

直 搗起耳朵盜鈴。

意 掩耳盜鈴

036. 귀가 보배다 .

直 耳朵是寶貝。

意 多聽可增長知識

037. 과부 사정은 과부가 안다 .

直 寡婦心事寡婦知。

意 同病相憐

▶사정 私情;情況

038. 나 먹자니 싫고 개 주자니 아깝다 .

直 自己吃不喜歡，給狗吃又覺得可惜。

意 食之無味，棄之可惜

▶아깝다 可惜

039. 나가는 년이 세간 사랴 ?

直 出走的壞女人，會買家庭用品嗎？

意 曾經滄海難為水

▶년 娘兒們；丫頭　　　　▶세간 家用物品

040. 나중에야 삼수갑산을 갈지라도 .

直 就算最後被流放到窮山僻野也認了。

意 ①即使最後到了絕境也處之泰然

②不管三七二十一　　③上刀山，下油鍋

④從容就義　　　　　⑤處之泰然

▶삼수갑산　三水甲山　　▶나중에　後來；最後

▶- ㄹ 지라도　即使～

041. 남이 추켜세워 주는 걸 좋아하다 .

直 喜歡別人誇獎。

意 愛戴高帽子

▶추켜세우다＝치켜세우다　誇獎；捧

나 먹자니 싫고 개 주자니 아깝다 .
食之無味，棄之可惜

042. 낫놓고 기역자도 모른다 .

直 即使鐮刀放在一旁，也不認得第一個字母「ㄱ」。

意 目不識丁

043. 낮말은 새가 듣고 밤말은 쥐가 듣는다 .

直 白天說話鳥在聽，夜晚說話老鼠聽。

意 隔牆有耳（說話要小心）

044. 녹비에 가로왈자 .

直 鹿皮上橫寫曰字，伸縮由之。

意 ①言執法者不以法典為重，任意伸縮
　　②怎麼說怎麼是

▶녹비　鹿皮　　　　　　　▶가로　橫的方向

▶왈자　曰字

045. 누워서 침뱉기 .

直 躺著吐口水。

意 ①自作自受　　　　　　②搬石頭砸自己的腳

▶침　口水　　　　　　　▶뱉다　吐

046. 눈가리고 아웅한다 .

直 矇起眼叫「阿嗡」。

意 ①黔驢技窮　　　　　　②自欺欺人

▶눈가리다　矇上眼睛

047. 눈치가 빠르면 절에 가도 젓갈을 얻어먹는다 .

直 機靈（善察言觀色）者即使到廟裡也能討到吃的。

意 適者生存

▶눈치 眼色　　　　　　　▶젓갈＝젓가락 筷子

048. 늦게 배운 도둑이 날 새는 줄 모른다 .

直 晚學的竊賊不知天已經亮了（來不及了）。

意 ①埋頭學習，志向要早定

②老了才學吹笛，吹到眼翻白

▶늦게 晚（adv.）　　　　　▶배우다 學習

▶날 새다 天亮

049. 내 코가 석자 .

直 我涕流三尺；窮得無法救人。

意 ①自顧不暇　　　　　　②自身難保

③不因為一些小困難而不做該做的事

050 내외간 싸움은 칼로 물베기 .

直 夫婦戰，刀切水。

意 夫妻床頭吵，床尾和（夫妻相罵不過夜）

▶내외간（內外間） 夫妻間

051. 도둑맞으려면 개도 안 짖는다 .

直 要遭小偷的話，連狗也不叫。

意 ①禍不單行　　　　　　②運氣壞到家

052. 도둑놈 개 꾸짖듯 .

直 如小偷責罵狗，不敢大聲般。

意 ①似小偷聽到狗叫般　②敢怒不敢言

▶꾸짖다　責備　　　　▶-듯　如～一般

053. 도둑질을 해도 손발이 맞아야 한다 .

直 要偷東西也得手腳一致才行。

意 手足（意志）不合難成事

▶-아(어)야 하다　必須～

054. 도마에 오른 고기 .

直 俎上之肉。

意 ①任人宰割　　　　②日暮途窮

▶도마　砧板

055. 독 안에 든 쥐 .

直 入甕之鼠。

意 ①網中之魚　　　　②甕中之鱉

056. 돌다리도 두드려보고 건너라 .

直 石橋也敲打看看再過。

意 小心駛得萬年船（凡事要小心謹慎）

▶두드리다　敲

057. 동무따라 강남간다.

直 隨友適江南，非意或行。

意 隨遇而安

▶동무 朋友

058. 두손에 떡.

直 兩手執餅，不能取捨。

意 魚與熊掌，不可兼得

059. 두 손뼉이 맞아야 소리가 난다.

直 兩手掌要合才能出聲。

意 孤掌難鳴

▶맞다 相合；符合；正確

060. 들으면 병이요, 안 들으면 약이다.

直 聞之則病，不聞是藥。

意 耳不聽心不煩，眼不見心不亂

▶듣다 聽聞

061. 등잔밑이 어둡다.

直 燈下不明。

意 ①遠在天邊，近在眼前　②丈八燈檯照遠不照近

　　③當局者迷，旁觀者清

▶등잔 燈盞　　　　　▶어둡다 暗

062. 되로 주고 말로 받는다 .

直 使用升授，乃以斗受。

意 ①小斗出，大斗進　　　②輕施而受重報（施而後能得）

▶되 升　　　　　　　　▶말 斗

063. 될성부른 나무는 떡잎부터 알아 본다 .

直 樹之興旺，芽葉可知。

意 ①人之俊者，自幼可知　②由小看大

　　③人看細，馬看蹄

▶될성부르다 有出息　　　▶떡잎 芽葉

064. 뒷간에 갈적 마음 다르고 올적 마음 다르다 .

直 如廁前後二心。（兩種心情）

意 ①人心善變

　　②心情因時間、環境的轉變而不同

▶뒷간 廁所　　　　　　　▶-ㄹ 적 要～之時

065. 뒷간과 사돈집은 멀수록 좋다 .

直 廁所和親家越遠越好。

意 廁所近臭味多，親家近話語多（親家離得越近，麻煩越多）

066. 말만 잘하면 천냥 빚도 가린다 .

直 只要善於言詞便還得千兩債。

意 好話值千金

▶빚을 가리다 還債

067. 말 타면 경마 잡히고 싶다 .

直 乘馬欲有牽者。

意 ①人慾望無窮　　　　　②得隴望蜀

　　③人心高過天，做了皇帝想成仙

▶ 경마　韁繩　　　　　　▶ 잡히다　（「잡다」之被動形）牽

068. 먼 사촌보다 가까운 이웃이 낫다 .

直 比起遠親，近鄰較好。

意 遠親不如近鄰

▶ 멀다　遠　　　　　　　▶ 사촌（四寸）　堂兄弟姊妹

▶ 가깝다　近

069. 모기 보고 칼빼기 .

直 見蚊拔劍。

意 殺雞用牛刀

070. 미꾸라지 용됐다 .

直 泥鰍變成龍。

意 麻雀變鳳凰

071. 믿는 나무에 곰이 핀다 .

直 信為良木，卻發出霉苔（指望的樹先爛根）。

意 狗咬呂洞賓

▶ 곰＝곰팡이　霉

072. 밀가루장사하면 바람이 불고, 소금장사하면 비가 온다.

直 做麵粉生意就颱風，做鹽巴生意就下雨。

意 ①時運不濟，事業難成

　　②屋漏偏逢連夜雨

▶밀가루 麵粉　　　　　　▶장사하다 做生意

▶소금 鹽

073. 밑 빠진 가마에 물붓기.

直 在脫了底的鍋爐中盛水。

意 徒勞無功

▶가마 鍋爐；窯　　　　　▶붓다 倒（水）

074. 매도 먼저 맞는 놈이 낫다.

直 挨打也是先挨的人較好。

意 ①既必受之，先受者佳　②先過關先脫離苦楚

　　③早死早超生

▶매 棍；棒　　　　　　　▶매 맞다 挨打

075. 메뚜기도 오뉴월이 한철이다.

直 蚱蜢也不過五六月一季而已。

意 ①萬物全盛期皆短　　　②生命短暫

▶메뚜기 蚱蜢

076. 바늘 가는 데 실 간다.

直 針到那裡線到那裡。

意 ①形影不離　　　　　②秤不離陀

077. 바늘 구멍으로 황소바람 들어온다.

直 冷風狂吹進針孔來。

意 ①冬天，些少寒風仍刺骨

　②蟻穴潰堤

▶황소바람　寒風

078. 바늘 도둑이 소도둑 된다.

直 偷針竊賊變成偷牛大盜。

意 ①養小奸成大惡　　　②做賊只為偷針起

079. 발 없는 말이 천리간다.

直 無足之言走千里。

意 好事不出門，壞事傳千里

080. 밤 잔 원수 없고 날 샌 은혜 없다.

直 經夜無怨，歷日無恩。

意 沒有隔夜的恩仇

▶원수　怨仇　　　　▶은혜　恩惠

081. 밤새도록 통곡해도 어느 마누라 초상인지 모른다.

直 痛哭整夜也不知道是哪個太太的肖像。

意 不知其因而參與其事，是愚笨的行為

▶밤새＝밤사이 夜間　　▶마누라 老婆；中年婦

▶초상 肖像

082. 벌거벗고 환도차기.

直 脫光了佩環刀。

意 ①不相稱　　　　　②不倫不類

▶벌거 벗다 脫光（衣服）

083. 범에게 물려가도 정신을 차려라.

直 不怕被虎叼，就怕晃了神。（即使向虎移步，也要振作精神）

意 ①遇到危險膽要壯起來　②要臨危不亂

▶물리다 （「무르다」之使動形）移動；挪動

▶차리다 振作

084. 범 없는 골에 토끼가 왕.

直 無虎之谷，兔為王。

意 山中無老虎，猴子稱大王

085. 법은 멀고 주먹은 가깝다.

直 法遠而拳近。

意 山高皇帝遠，拳頭知縣官

▶주먹 拳頭

086. 벙어리 냉가슴 앓듯 .

直 如啞巴無法說出而獨自心焦一般。

意 啞巴吃黃連，有苦說不出

▶ 벙어리 啞巴　　　　　　▶ 냉 寒

▶ 앓다 患（病）

087. 불 안 땐 굴뚝에 연기날까？

直 沒燒火的煙囪，會冒煙嗎？

意 ①無風不起浪　　　　　②事出必有因

▶ 때다 燒火　　　　　　▶ 굴뚝 煙囪

배보다 배꼽이 더 크다 .
肚臍比肚子大（本末倒置）

088. 불 없는 화로 딸 없는 사위 .

直 沒火的火爐，無女的女婿。

意 繡花枕頭，華而不實

089. 비단옷 입고 밤길 걷기 .

直 錦衣夜行。

意 費心而無成效

▶비단　綢緞　　　　　　　▶밤길　夜路

090. 배보다 배꼽이 더 크다 .

直 肚臍比肚子更大。

意 本末倒置

▶배꼽　肚臍

091. 배 먹고 이 닦기 .

直 吃梨子兼刷牙。

意 一舉兩得

▶이　牙　　　　　　　　　▶닦다　刷；抹

092. 배운 도적질 . = 세살 적 버릇이 여든까지 간다 .

直 學來的盜賊行為。

意 習慣成自然

▶도적　盜賊

093. 백지장도 맞들면 낫다 .

直 就算白紙張，也是兩人抬較輕。

意 ①眾擎易舉　　　　②人多好辦事

▶맞들다 （兩人）合抬

094. 뱁새가 황새를 따라가면 다리가 찢어진다 .

直 小鷦鷯要是跟著大鸛走的話，腿會裂掉。

意 ①硬要做力不足之事，效果適得其反

　②無自知之明，只有害了自己

▶뱁새 小鷦鷯　　　▶황새 大鸛

▶찢다 撕裂

095. 병 주고 약 준다 .

直 使之病再給予藥。

意 ①打一巴掌再揉一揉　　②貓哭耗子假慈悲

096. 사돈집 잔치에 감 놓아라 배 놓아라 .

直 親家的宴會上，命人擺柿子啊梨的。

意 ①多管閒事　　　　②不當為而為之

▶잔치 宴會；酒席

097. 사흘 굶어 도둑질 아니할 놈 없다 .

直 餓了三天沒有不偷食的。

直 人窮志短

▶사흘 三天　　　▶굶다 餓

098. 사또 덕분에 나팔분다 .

直 借助官員吹奏喇叭。

意 假公濟私

▶사또（使道） 派往地方的官

▶덕분 托福　　　　　▶나팔불다 吹喇叭

099. 산넘어 산이다 .

直 越過一山，又一山。

意 困難重重

100. 산 입에 거미줄 치랴 .

直 活人的嘴裡會結蜘蛛網嗎？

意 ①活人的口無法封　　②天無絕人之路

▶살다 活生生的；活的　▶산 입 活的口

▶- 줄 치다 結～網

101. 서당 개 삼년에 풍월한다 .

直 書堂狗三年會吟風月。

意 近朱者赤

▶풍월（風月） 吟風弄月；吟詩

102. 서투른 도둑이 첫날밤에 들킨다 .

直 笨賊頭一晚就被發現。

意 技不成熟露了餡

▶서투르다 不熟練；輕率　▶들키다 被發現

103. 소 잃고 외양간 고친다.

直 失了牛後，再修廄房。

意 亡羊補牢

▶잃다 遺失　　　　▶외양간 廄棚

▶고치다 修理

104. 소경이 개천을 나무란다.

直 盲者責溪。

意 不會駛舟怪溪彎

▶소경 盲人　　　　▶개천（開川）溪

105. 소경 제 닭 잡아먹기.

直 瞎子抓了自家雞來吃。

意 自作自受

106. 소금 먹은 놈이 물켠다.

直 食鹽者飲盡水。

意 事出必有因

▶켜다 飲盡

107. 소문난 잔치에 먹을 것 없다.

直 瘋傳之宴沒什麼可口的。

意 ①盛名之下，其實難副　　②雷聲大，雨點小

▶소문나다 傳聞；出名

108. 수박 겉 핥기 .

直 舐西瓜外皮。

意 隔靴搔癢

▶수박 西瓜　　　　　　　　▶핥다 舐

109. 시간은 돈이다 .

直 時間即金錢。

意 時間就是金錢

110. 세살 버릇 여든까지 .

直 三歲習慣至八十。

意 習慣成自然

111. 쇠귀에 경읽기 .

直 牛耳誦經。

意 對牛彈琴

112. 앉아 주고 서서 받는다 .

直 坐著給，站著收。

意 ①借出容易回收難　　　②放債容易要債難

113. 엎친 데 덮친다 .

直 栽倒又翻撲。

意 雪上加霜

▶엎치다 跌倒；翻轉　　▶덮치다 撲倒

114. 오는 말이 고와야 가는 말이 곱다 .

直 來言不美，去言何美。

意 禮尚往來

反 가는 말이 고와야 오는 말이 곱다 .（你不説他禿，他不説你瞎。）

115. 오르지 못할 나무는 쳐다보지 말아라 .

直 無法攀上之樹別仰望。

意 ①人要量力而為　　　②不要好高騖遠

▶쳐다보다 仰望

116. 우물에 가서 숭늉달란다 .

直 到井邊去要鍋巴湯。

意 ①按部就班　　　　②循序漸進

▶우물 井　　　　　　▶달란다＝달라고 한다 要求「給我」

117. 우물안 개구리 .

直 井裡之蛙。

意 井底之蛙

118. 우물을 파도 한 우물을 파라 .

直 挖井也專心挖一個。

意 凡事別三心兩意，堅持到底才能成功

▶파다 挖

119. 울며 겨자 먹기 .

直 一面哭一面吃芥子。

意 硬著頭皮做

▶겨자 芥子　　　　　　　▶며＝면서 一面～一面

120. 웃는 낯에 침 뱉으랴 .

直 會對笑臉吐口水嗎？

意 伸手不打笑臉人

▶침 口水　　　　　　　　▶뱉다 吐

121. 윗물이 맑아야 아랫물이 맑다 .

直 上游水清，下游水才會清。

意 上樑不正，下樑歪

▶맑다 清

123. 이불안 활개 친다 .

直 被中展翅。

意 無用武之地

▶활개 展翅；伸四肢

124. 외상이면 소도 잡아 먹는다 .

直 賒帳的話，牛都抓來吃。

意 ①賒欠吃老本

②今朝有酒今朝醉，明日愁來明日愁

▶외상　賒帳

125. 열 길 물 속은 알아도 한 길 사람의 속은 모른다 .

直 十人高的水深可知，一個人的內心難曉。

意 ①水深易量，人心難測　②知人知面不知心

▶길　一人高

126. 열번 찍어 아니 넘어가는 나무 없다 .

直 沒有砍十次不倒的樹。

意 ①有志者事竟成　　　②讒言屢屢，心志易變

③人不經百語，柴不經百斧

▶찍다　砍　　　　　　▶넘어가다　倒

127. 옆 찔러 절 받기 .

直 刺人腰部使之行禮。

意 以武屈人，難使人心服

▶찌르다　刺　　　　　▶절받다　受禮

128. 원수는 외나무 다리에서 만난다 .

直 冤家相遇獨木橋。

意 冤家路窄

▶원수 冤家；仇敵   ▶외나무 獨木

129. 자라 보고 놀란가슴 소댕보고 놀란다 .

直 見鱉驚心，尚驚鍋蓋。

意 ①一朝被蛇咬，十年怕草繩

    ②驚弓之鳥   ③杯弓蛇影

▶자라 鱉   ▶소댕 鍋蓋

130. 자빠져도 코가 깨어진다 .

直 摔倒又破鼻。

意 ①禍不單行   ②福無雙至

▶자빠지다 摔倒   ▶깨어지다 破碎

131. 장군멍군 .

直 棋逢敵手，兵來將擋。

意 旗鼓相當，勝負難分

▶장군 將軍；將（下棋用語） ▶멍군 （用棋子）擋

132. 장님 코끼리 말하듯 .

直 瞎子道象貌。

意 各說各話

▶장님 盲者   ▶코끼리 大象

133. 저녁 굶은 시어머니 상이다 .

直 未進晚餐之婆婆相。

意 ①愁眉苦臉　　　　②眉頭深鎖

　　③天氣陰霾之相

134. 족제비도 낯짝이 있다 .

直 黃鼠狼也有臉皮。

意 人要臉，樹要皮

▶족제비 黃鼠狼　　　▶낯짝 臉皮

자라 보고 놀란 가슴 소댕보고 놀란다 .
見鱉驚心，尚驚鍋蓋（一朝被蛇咬，十年怕草繩）

135. 종로에서 뺨 맞고 한강 가서 눈 흘긴다.

直 在鐘路挨耳光，到漢江去怒目。

意 ①受辱於此處，抱怨於彼地　　②遷怒於他人

▶뺨맞다　挨耳光　　　▶(눈) 흘기다　怒目斜視

136. 죽 쑤어 개 주었다.

直 煮粥給狗吃。

意 為人作嫁

▶쑤다　滾煮

137. 죽은 자식 나이 세기.

直 數算亡子的年齡。

意 於事無補，算之何益

▶세다　數算

138. 중이 제 머리 못 깎는다.

直 和尚無法自己剃頭。

意 必假他人之手

▶머리 깎다　剃頭

139. 쥐구멍에도 볕 들 날이 있다.

直 鼠洞也有見光日。

意 ①撥雲見日　　　②瓦片也有翻身日

▶볕　日光

140. 천리 길도 한 걸음부터 .

直 千里路也從第一步開始。

意 ①千里之行始於足下　　②萬丈高樓平地起

▶걸음　腳步

141. 첫술에 배부르랴 .

直 第一匙（飯）就能飽嗎？

意 ①胖子不是一口吃的　　②羅馬非一日造成

▶한 술 밥　一匙飯

142. 침묵은 금이다 .

直 沉默是金。

意 沉默是金

143. 콩 심은 데 콩 나고 팥 심은 데 팥 난다 .

直 種黃豆出黃豆，種紅豆出紅豆。

意 種豆得豆，種瓜得瓜

▶콩　黃豆　　　　　　　▶팥　紅豆

144. 티끌 모아 태산 .

直 積塵芥成泰山。

意 積沙成塔

▶티끌　塵

145. 한번 엎지른 물은 다시 주워 담지 못한다.

直 一旦倒翻的水，無法再度拾回。

意 覆水難收

▶엎지르다 倒翻　　　　　▶줍다 拾

▶담다 盛

146. 헌 짚신도 짝이 있다.

直 舊草鞋也成雙。

意 鴛鴦成對

▶헌 舊的　　　　　▶집신 草鞋

▶짝 雙；對

147. 혹 떼러 갔다가 혹 붙여온다.

直 取瘤而去，加瘤而回。

意 適得其反

▶혹 瘤　　　　　▶떼리다 除去

▶붙이다 （「붙다」之被動形）被貼；被粘

148. 까기 전에 병아리 세지 마라.

直 孵小雞之前別先數算幾隻。

意 八字還沒有一撇

▶까다 孵　　　　　▶병아리 小雞

▶세다 數算

149. 까마귀가 울면 사람이 죽는다.

直 烏啼人沒命。

意 老鴉叫，命不保

▶까마귀 烏鴉（不吉之鳥） ▶울다 啼哭

150. 까마귀 날자 배 떨어진다.

直 烏飛梨落。

意 ①瓜田李下，跡涉嫌疑 ②偶然的巧合

151. 꼬리가 길면 밟힌다.

直 尾巴長易被踩。

意 ①夜長夢多 ②夜路走多了，總會撞到鬼

▶밟히다 被踩

152. 꼴보고 이름 짓는다.

直 先看樣子再起名字。

意 名視其貌，言物當相稱

▶꼴 樣子

▶짓다 起（名）；作（文）；造（房）；做（飯）

153. 꽃 구경도 식후사.

直 賞花乃食後事。

意 民以食為天

▶식후사（食後事） 吃飽以後的事情

154. 꿈보다 해몽이 좋다.

直 解夢比做夢好。

意 ①説的比做的好　　　　②好壞由你解説

　　③即使基本材料不好，只要處理手法好的話，結果亦能變好

▶꿈　夢　　　　　　　　▶해몽　解夢

155. 꿰다 놓은 보릿자루.

直 借來放的掃帚（指與人格格不入者）。

意 呆若木雞

▶꾸다　借　　　　　　　▶꿔다＝꾸어다가　借來之後

▶보릿자루　大麥梗掃把

156. 꿩 대신 닭.

直 以雞代雉。

意 濫竽充數

157. 꿩 먹고 알 먹는다.

直 吃了雉又吃了蛋。

意 一舉兩得

158. 꿩 잡는 것이 매란다.

直 捉到雉的就説是鷹。

意 名實不符

▶매　鷹　　　　　　　　▶란다＝라고 한다　説是

159. 떡 줄 사람은 꿈도 안 꾸는데 김칫국부터 마신다 .

直 給米糕的人不知在哪裡，還是先喝泡菜湯。

意 熊未捉到，倒先賣皮

▶꿈꾸다 作夢　　　▶김칫국 泡菜湯

160. 똥마려운 계집 국거리 썰듯 .

直 如想大解的姑娘切湯料一般（心急胡亂切）。

意 欲速則不達

▶마렵다 想要（大、小便）　▶국거리 湯料

▶썰다 切

161. 똥묻은 개가 겨묻은 개 나무란다 .

直 沾到屎的狗罵沾到糠的狗。

意 ①五十步笑百步　　　②老鴉笑豬黑

▶묻다 沾　　　　　▶나무라다 罵

162. 뚝배기보다 장맛이 좋다 .

直 比起砂鍋來，醬味較好。

意 ①外醜內秀　　　　　②實而不華

▶뚝배기 砂鍋

163. 때리는 시어머니보다 말리는 시누이가 더 밉다.

直 比起打人的婆婆，勸阻的小姑更討厭。

意 做表面功夫者更陰險可惡

▶때리다 打　　　　　▶시어머니 婆婆

▶말리다 阻　　　　　▶시누이 小姑

▶밉다 討厭；醜的

164. 뛰는 놈 위에 나는 놈이 있다.

直 跑者之上有飛者。

意 ①人外有人，天外有天

　　②強中自有強中手

▶뛰다 跑　　　　　▶날다 飛

165. 뜨거운 국에 맛 모른다.

直 喝滾燙的湯，不知其味。（喻：在緊急情況下，不知判別）

意 囫圇吞棗

▶뜨겁다 燙的；炎熱的

우비이락
瓜田李下

03/
韓國漢字成語的翻譯

001. 감개무량（感慨無量）：無限感慨

002. 감언리설（甘言利說）：甜言蜜語

003. 고대광실（高台廣室）：高樓大廈

004. 고독단신（孤獨單身）：無依無靠

005. 고목생화（枯木生花）：枯木逢春

007. 기상천외（奇想天外）：異想天開

008. 기진맥진（氣盡脈盡）：筋疲力竭

009. 귀배괄모（龜背刮毛）：白費力氣

010. 견문발검（見蚊拔劍）：殺雞用牛刀

011. 계란유골（雞卵有骨）：運氣背的人連吃雞蛋也有骨

012. 난공불락（難攻不落）：堅不可摧

013. 남존여비（男尊女卑）：重男輕女

014. 노발대발（怒發大發）：大發雷霆

015. 당랑거철（螳螂拒轍）：螳臂擋車

016. 당황실색（唐慌失色）：驚慌失措

017. **대증투약**（對症投藥）：對症下藥

018. **독불장군**（獨不將軍）：獨木不成林

019. **동가홍상**（同價紅裳）：同樣價錢買好貨

020. **동서고금**（東西古今）：古今中外

021. **등루거제**（登樓去梯）：過河拆橋

022. **등하불명**（燈下不明）：當局者迷，旁觀者清；燈下不明，燈檯不自照

023. **대성통곡**（大聲痛哭）：放聲痛哭

024. **독장불명**（獨掌不鳴）：孤掌難鳴

025. **마이동풍**（馬耳東風）：耳邊風

026. **막무가내**（莫無可奈）：無可奈何

027. **만장대소**（滿場大笑）：哄堂大笑

028. **모사재인**（謀事在人）：事在人為

029. **목석불부**（木石不傅）：無依無靠

030. **무법천지**（無法天地）：無法無天

031. **문무겸비**（文武兼備）：文武雙全

032. **문전옥답**（門前沃沓）：門前良田；良田沃土（家有田產）

033. **미사여구**（美詞麗句）：花言巧語

034. **명재조석**（命在朝夕）：危在旦夕

035. **방방곡곡**（坊坊曲曲）：各個角落

036. **복배지수**（覆杯之水）：覆水難收

037. **부지기수**（不知其數）：不可勝數

038. **불멸불휴**（不滅不休）：永垂不朽

039. **불문곡적**（不問曲折）：不問情由

040. **무학무능**（無學無能）：不學無術

041. **병문친구**（屏門親舊）：馬路工友（倚門等待臨時工的人）

042. **백수건달**（白手乾達）：無業遊民

043. **백절불굴**（百折不屈）：百折不撓

044. **백해무익**（百害無益）：有百害而無一利

045. **백화만발**（百花滿發）：百花齊放

046. **사시장철**（四時常節）：一年四季

047. **사리사욕**（私利私慾）：自私自利

048. **사무한신**（事無閒身）：遊手好閒

049. **사불여의**（事不如意）：事與願違

050. **삼라만상**（森羅萬象）：包羅萬象

051. **상봉하솔**（上奉下率）：扶老攜幼

052. **설한풍상**（雪寒風霜）：雪上加霜

053. **소탐대실**（小貪大失）：因小失大

054. **시구비구**（是口非口）：口是心非

055. **시시비비**（是是非非）：爭辯是非

056. **시종일관**（始終一貫）：始終如一

057. **식자우환**（識字憂患）：人生識字憂患始

058. **신세타령**（身世打令）：怨天尤人之歌（怨嘆身世的民謠。「打令」
為民謠的一種）

059. **십전구도**（十顛九倒）：受盡苦楚

060. **십벌지목**（十伐之木）：沒有砍伐十次而不倒之樹木（再怎麼心志堅
定的人也受不了十次的誘惑）

061. **승승장구**（乘勝長驅）：乘勝追擊

062. **생사고락**（生死苦樂）：生死與共

063. **오비이락**（烏飛梨落）：瓜田李下（烏鴉一飛梨子落地）

064. **우이송경**（牛耳誦經）：對牛彈琴

065. **연일연야**（連日連夜）：日以繼夜

066. **용두사미**（龍頭蛇尾）：虎頭蛇尾

067. **작학관보**（雀學鸛步）：自不量力

068. **조족지혈**（鳥足之血）：九牛一毛

069. **한강투석**（漢江投石）：肉包子打狗，有去無回

070. **호미난방**（虎尾難放）：騎虎難下

병문친구
屏門親舊

04／
韓國慣用語的翻譯

001. 귀가 가렵다　耳朵癢

오늘 왜 이렇게 귀가 가렵지 ? 누가 내 욕을 하나 ?

今天耳朵為何這麼癢 ? 有誰在罵我嗎 ?

▶욕하다　罵 ; 責備

002. 귀빠진 날　生日

내일이 제 귀빠진 날이니 우리 집에 와서 미역국이라도 드세요 .

明天是我生日，請到我們家來喝海帶湯。

▶미역국　海帶湯

003. 나도 모르게 그만…　不知不覺就……

슬픈 영화를 보다가 나도 모르게 그만 울어버렸다 .

看著悲傷的電影不知不覺就哭了。

▶슬프다　悲傷

004. (벌써) 날이샜다　（已經）天亮了，來不及了

그일은 다 틀렸으니 돈 받기는 벌써 날이샜다 .

那件事都弄糟了，要錢已經來不及了。

▶틀리다　弄擰 ; 弄糟

005. 날벼락이다　晴天霹靂

건강하던 사람이 교통사고로 죽었으니 <u>날벼락이다</u> .

原本健健康康的人因為車禍死了，真是晴天霹靂。

▶던　表回想，過去持續之動詞語尾

006. 누가 뭐래도　不管別人怎麼説

<u>누가 뭐래도</u> 나는 가지 않겠다 .

不管別人怎麼説，我就是不要去。

007. 눈이 높다　眼光高

그녀는 <u>눈이 높아서</u> 신랑감을 꽤 고르나 봐요 .

她眼光高，可能選如意郎君很挑喔。

▶신랑감　預備新郎（成為新郎的人選）

▶고르다　選擇　　　　　　　▶~ 나 봐요　可能~ ;也許~

008. 눈 , 코 뜰 사이가 없다　不可開交

바빠서 <u>눈 , 코 뜰 새가 없어요</u> .

忙得不可開交。

▶뜨다　睜 ;舉起

009. 눈이 흐리다　眼模糊

<u>눈이 흐려</u> 잘 알아볼 수 없어요 .

眼睛模糊無法看清楚，認不出來。

▶알아보다　認出 ;看懂

010. 눈이 빠지게　望眼欲穿

가난한 사람들이 월급날을 눈이 빠지게 기다린다 .

窮困的人們望眼欲穿地等待發薪日。

▶월급날（月給日）　發薪日

011. 눈 하나 깜빡하지 않는다　眼睛一眨也不眨

야단을 맞았는데도 눈 하나 깜빡하지 않는다 .

挨罵時也是眼睛眨都不眨。

▶야단을 맞다　挨罵

012. 눈에 거슬린다　看不順眼

젊은 이들의 방종스런 행동은 눈에 거슬린다 .

年輕人的放縱行為叫人看不順眼。

▶방종스럽다　放縱的

013. 눈 깜빡할 사이에　霎時間；一剎那

눈 깜빡할 사이에 사고가 났다 .

霎時間就發生了車禍。

▶사고（事故）　車禍

014. 눈뜬 장님이다　睜眼瞎子

그일을 전혀 모르니까 눈뜬 장님이나 다름없다 .

對那事全然無知，無異是睜眼瞎子。

015. 도끼눈을 뜨다　目瞪口呆

그분을 놀렸더니 도끼눈을 뜨고 나를 보고 있다 .

他被作弄了，於是目瞪口呆地望著我。

▶놀리다　被作弄

016. (가슴이) 두근반 세근반 하다　膽戰心驚

너무 놀라서 가슴이 두근반 세근반 했다 .

過度驚嚇以致膽戰心驚。

017. 마음이 놓인다　放心

왜 안 오니 걱정했는데 전화를 받고 보니 마음이 놓인다 .

還擔心怎麼不來，接過電話後就放心了。

▶걱정하다　擔心

018. 마음을 쓰다 = 신경을 쓰다　用心思

아이들 교육에 좀 마음을 써야겠다 .

孩子的教育必須用點心思。

019. 마음에 새기다　銘記在心

그분의 충고를 마음에 새겨 들어야지 .

他的忠告得銘記在心。

020. 마음 먹다　下定決心

술을 끊기로 마음 먹었지만 잘 안된다 .

下定決心不喝酒的，可是禁不住。

▶끊다　斬；戒；停止

021. 마음이 굴뚝같다　心急如焚

만나고 싶은 마음이야 굴뚝같지만 참아야 한다 .

雖然心急如焚地想見，可是得忍住。

▶굴뚝　煙囪　　　　　　　　▶굴뚝같다　巴不得；急迫

022. 마음은 딴데 있다　心不在焉

그분이 사무실에 있지만 마음은 딴데 있다 .

他雖人在公司卻心在他處。

023. 발이 넓다　交際廣闊

그는 발이 넓어서 각계각층에 아는 사람이 굉장히 많아요 .

他長袖善舞，各階層相識者極多。

▶각계각층　各界各層

024. 발을 끊다　停止腳步

그 집 서비스가 나빠져서 손님들이 발을 끊었대요 .

據說那店家服務變差，所以客人跑光了。

▶나빠지다　變壞

025. 발길이 무겁다 腳步沉重

일을 잘 끝내지 못하고 돌아서니 발길이 무겁다 .

事情沒能好好做完，回過頭來腳步沉重。

026. 발을 들여놓다 涉足

이런 일에 발을 들여놓으면 떠나기 어렵다 .

一涉足這種事便不容易脫離。

027. 손이 크다 大方

엄마는 손이 커서 음식을 만들면 항상 이웃들에게 나눠 줘요 .

媽媽很大方，所以只要做了什麼食物，就經常與鄰居們分享。

▶나누다 分享；同享

028. 손이 걸다 大方

할머니가 하시는 일은 모두 손이 걸다 .

祖母做事總是大方。

029. 손을 씻다 洗手

그 깡패는 이제 완전히 손을 씻고 새 사람이 됐어요 .

那流氓現在金盆洗手，重新做人了。

▶완전히 完全地　　　　▶새 사람 新人

030. 손을 잡다　攜手

큰 제약회사와 손을 잡고 암 치료약을 개발중입니다 .

與大製藥公司攜手合作，正在開發治療癌症的藥。

▶암　癌　　　　　　　　▶치료약　治療藥

▶개발중　開發中

031. 손 꼽히다　首屈一指

그 건물은 대북에서 손 꼽히는 건물이다 .

那個建築物是台北首屈一指的。

▶손 꼽다　扳指頭；屈指可數；數一數二

032. 손가락질 하다　指指點點

그런 나쁜 행동을 했기 때문에 다른 사람이 손가락질 한다 .

因為做了那種不好的行為，人們指指點點的。

033. 손들다　舉手投降

그 사업이 계속 실패하고 보니 그 일에 손들 수 밖에 없겠다 .

那項事業一直失敗，對於那事只有舉手投降了。

▶ - ㄹ 수 밖에 없다　只有～；只好～

034. 손이 거칠다　手不乾淨

그는 손이 거칠어서 남의 물건을 잘 훔친다 .

他手腳不乾淨，所以很會偷別人東西。

▶훔치다　偷　　　　　　▶거칠다　粗糙；魯莽；草率

035. 어깨가 무겁다　肩負重

그는 큰 일을 맡게 돼서 어깨가 무겁습니다 .

他身負重責，肩負重擔。

▶맡다　擔負；擔任

036. 얼굴이 두껍다　臉皮厚

그녀는 얼굴이 두꺼워서 창피를 당해도 부끄러운 줄 모른다 .

她臉皮厚，不知羞恥。

▶창피　丟臉；無恥　　　　▶당하다　遭受

▶부끄럽다　害羞；慚愧

037. 입에 맞다　合口味

입에 맞는 떡이 어디 있겠어 ? 더 돌아다녀 봐도 없을 테니

그만 결정하죠 .

哪有十全十美的呀？就決定吧，別再東挑西選了。

▶돌아다니다　跑來跑去；轉來轉去

▶- ㄹ 터　打算～；預計～

038. 입이 가볍다　嘴不牢

입이 가벼운 사람에게는 이 얘기를 하지 말아라 .

此話不要對嘴不牢靠的人説。

039. 입 방아를 찧다 搬弄是非

남의 단점을 들춰내서 입 방아를 찧지 말아라 .

不要搬弄口舌，掀出別人缺點。

▶단점 短處；缺點　　　　　　　▶들추다 翻找；掀起

040. 한눈 (을) 팔다 不專注

길에서 한눈을 팔게 되면 자동차에 치인다 .

走路不當心的話會被汽車撞。

▶치이다 被輾

손이 걸치다 .
手不乾淨

中國語中形象性語言的
韓文翻譯

翻譯中國俗諺時，因為語文結構、語法特性的不同，無法以對等的韓語來譯出，其方法：

1. 有相對應的韓語俗諺時充分運用之。
2. 以適當的句子或片語來譯之。
3. 以韓語生活環境所衍生出來的表達方式來釋義。

01/
中國成語的翻譯

1.
一竅不通
쥐뿔도 모른다 .

2.
一見鍾情
첫눈에 반하다 .

3.
一舉兩得
일거양득

4.
一石二鳥
일석이조

5.
一箭雙雕
① 꿩먹고 알먹고 둥지
　털어 불땐다 .
② 누이좋고 매부좋고 .

▶ 둥지　窩；巢穴
▶ 누이 (누나)　(弟弟稱) 姊姊
▶ 매부　妹夫；姊夫

6.
一馬當先
① 소매를 걷고 나서다 .
② 발 벗고 나서다 .

▶ 소매　衣袖
▶ 걷다　捲起

7.
一塌糊塗
① 뒤죽박죽이다.
② 엉망진창이 되다.

8.
一丘之貉
검정개 한편.

9.
一暴十寒
하다 말다 하다.

10.
一笑置之
① 일소에 부치다.
② 웃어 넘기다.

▶ 부치다 寄

▶ 넘기다 過；渡過

11.
人同此心
사람마다 다 한 마음이다.

12.
人浮於事
① 사람은 많고 일은 적다.
② 일자리에 비해 사람이 많다.

13.
人言可畏
음식은 돌수록 줄고 말은
전할수록 는다.

▶ 돌다 流傳；傳播

▶ 줄다 減

▶ 늘다 增

14.
人面獸心
사람의 탈을 쓴 짐승.

▶ 짐승 禽獸；畜生

15.
人云亦云
불이야 하니 불이야 한다.

▶ 불이야 著火啦；火災啦！

16.
人面獸心／披羊皮之狼
양가죽을 쓴 이리.

▶ 이리 狼

17.
人要衣裝／佛要金裝
옷이 날개.

▶ 날개 翅膀

18.
人聲鼎沸
왁시글거리다.

▶ 왁시글거리다 擁擠

19.
人老話多
늘그막에 느는건 잔소리뿐.

▶ 늘그막 晚年；老年
▶ 느는건 增多的東西
▶ 잔소리 廢話；嘮叨

20.
人多山倒／眾志成城
사람이 많으면 길이 열린다.

21.
入境隨俗
로마에 가면 로마의 법을
따라라.

22.
八九不離十
① 십중팔구
② 대체로
③ 거의

23.
八面威風
① 위풍이 당당하다.
② 기세가 주위를 압도하다.

24.
八仙過海，各顯神通
제각기 자기 솜씨를 보이다 .

▶ 八仙 :

漢鍾離 한종리　張果老 장과로
韓湘子 한상자　李鐵拐 이철괴
曹國舅 조국구　呂洞賓 여동빈
藍采和 남채화　何仙姑 하선고

▶ 제각기 各自
▶ 솜씨 本事

27.
三言兩語
두세 마디 말 .

▶ 두세 二三
▶ 마디 句 ; 節

29.
大驚小怪
하찮은 일에 크게 놀라다 .

▶ 하찮다 無關緊要 ; 雞毛蒜皮的

31.
上行下效
윗사람이 하는 대로 아랫
사람이 따라하다 .

▶ 따라하다 跟著做

25. 九牛一毛
① 구우일모
② 새 발의 피 .

▶ 피 血

26.
三心兩意
① 결정을 못하고 망설이다 .
② 두 가지 마음으로 망설이다 .

▶ 망설 （「망설거리다」的語根）
　躊躇 ; 猶豫

28.
三思而後行
여러 번 거듭 생각한
다음에 실행하다 .

▶ 거듭 一再 ; 再三

30.
小題大作
① 시래기 국에 땀내겠다 .
② 모기 보고 칼 빼기 .

▶ 시래기 乾菜
▶ 땀나다 出汗 （「내다」為「나
　다」的他動詞）

32.
千嬌百媚
천교만태

33.
亡羊補牢
소 잃고 외양간 고친다 .

▶ 외양간 牛馬棚

34.
不堪入耳
듣기조차 민망하다 .

▶ 조차 連~都
▶ 민망하다 令人憐憫 ;
　令人過意不去

35.
不堪回首
차마 지난날을 돌이켜 볼
수 없다 .

▶ 차마 - ㄹ 수 없다 不忍~
▶ 돌이키다 轉（身）; 回顧

36.
不可理喻
말로는 납득 시킬수 없다 .

▶ 납득（納得）理解

38.
不相上下
① 막상막하
② 우열을 가리기가 힘들다 .

▶ 막상막하 莫上莫下
▶ 우열 優劣

37.
不知所措
① 어찌할 바를 모른다 .
② 갈팡질팡하다 .

39.
不能自拔
늘여디딘 발.

▶ 늘이다 使增加 ; 加高
▶ 디디다 踩 ; 踏

40.
不堪一擊
① 일격에도 견디지 못하다.
② 넘어도 안 가본 고개에
   한숨부터 쉰다.

▶ 한숨 쉬다 嘆氣 ; 嘆息

41.
心口如一
생각하는 것과 말하는
것이 일치하다.

▶ 일치 一致

42.
心直口快
성격이 시원스럽고 솔직하여
입바른 소리를 잘하다.

▶ 솔직 率直
▶ 입바르다 嘴快

43.
心地狹窄
속이 좁다.

44.
日新月異
어제가 다르고 오늘이
다르다.

45.
井底之蛙
우물안 개구리.

46.
火上添油
불난 집에 부채질 하다.

47.
巴頭探腦
목을 빼고 엿보다 .

48.
以卵擊石
계란으로 바위치기 .

49.
以防萬一
①혹시 몰라서 .
②만일에 대비하다 .

50.
以眼還眼／以牙還牙
눈에는 눈 이에는 이 .

51.
白頭偕老
검은 머리 파뿌리 되도록 .

▶ 파뿌리 蔥根

52.
白手起家
①자수성가
②무일푼으로 재산을 모으다 .
③맨주먹으로 집안을
　　일으키다 .

▶ 자수성가 自手成家
▶ 무일푼 身無分文
▶ 맨주먹 赤手空拳

53.
白雲蒼狗
① 세상 일은 변화무상하다 .
② 하늘의 흰 구름이
　　순식간에 회색 개로
　　변해버리다 .

54.
白駒過隙
① 백구과극
② 시간이 빨리 지나가다 .

▶ 극 （空間、時間）間隙

55.
打抱不平
학대 받은 약자의 편을 들다 .

▶ 학대 虐待
▶ 약자 弱者

56.
半斤八兩
① 어슷비슷하다 .
② 피차 일반

▶ 어슷비슷하다 不上不下；差不多
▶ 피차 일반 彼此一般

57.
半信半疑
귀로 들어 두다 .

58.
功敗垂成／功虧一簣
성공을 눈 앞에 두고
실패하다 .

59.
未雨綢繆
아이도 낳기 전에 기저귀감
장만한다 .

▶ 기저귀 尿布
▶ 장만하다 籌備

60.
本末倒置
기둥보다 서까래가 더 굵다 .

▶ 기둥 樑木
▶ 서까래 椽木

61.
目中無人／旁若無人
① 안하무인
② 방약무인

62.
正反一樣（正面反面一個
樣，反過來亦然）
① 엎치나 메치나 .
② 엎치나 덮치나 .

▶ 메치다 摔掉；扔掉
▶ 엎치다 （往前）栽倒
▶ 덮치다 撲；捕捉

63.
石沉大海
① 강물에 소 지나간 것 같다.
② 돌이 바다에 가라앉은
   듯 하다.
③ 감감 무소식이다.

▶ 가라앉다 沉默；平靜
▶ 감감 渺茫；模糊；杳然
▶ 무소식 消息

64.
仗勢而為
① 힘에 의지하다.
② 세력에 기대다.
③ 늙은 우세하고 사람
   치고, 병 우세하고 개
   잡아 먹는다.

▶ 우세하다 占優勢

65.
老生常談
상투적인 말.

▶ 상투적 常規；老套

66.
老當益壯
늙어도 기운이 왕성하다.

▶ 기운（氣運） 力氣；精力
▶ 왕성 旺盛

67.
老羞成怒
부끄러움이 나중에는
노여움이 되다.

▶ 부끄럽다 羞
▶ 노엽다 怒

68.
老馬識途
일에 연장 노릇을 한다.

▶ 연장 노릇 年長角色

69.
老蚌生珠
갓마흔에 첫 아들.

▶ 갓 剛

70.
自食其果
소경 제 닭 잡아먹기.

▶ 소경 盲人

71.
自不量力
뱁새가 황새를 따라가면
다리가 찢어진다.

▶ 뱁새 鷦鷯（小隻鳥）
▶ 황새 鸛（大鳥）
▶ 찢어지다 撕破；裂開

72.
自投羅網
도둑이 제 발 저린다.

▶ 저리다 刺痛

73.
自作自受
소금 먹은 놈이 물을 켠다.

▶ 켜다 喝光；飲盡

74.
自欺欺人
머리카락 뒤에서
숨바꼭질한다.

▶ 숨바꼭질 捉迷藏

75.
有備無患
① 사전에 방비하면 우환이
　 없다.
② 유비무환

76.
有目共睹
① 모든 눈이 다 보고 있다.
② 모든 사람이 다 알고 있다.

77.
有始無終
뒤끝이 없다.

78.
安步當車
차를 타는 대신 천천히
걸어가다.

79.
安分守己
분수에 만족하여 본분을
지키다.

▶ 분수 分寸

80.
安居樂業
편안히 살면서 즐겁게
일하다.

81.
安如磐石／穩如泰山
태산처럼 끄떡없고 굳건하다.

▶ 끄떡없다 安穩不動
▶ 굳건하다 堅強的

82.
安身立命之所
근심 없이 편안히 생활할
수 있는 곳.

▶ 근심 없이 心安；無虞

83.
安之若素
① 평상시처럼 태연자약하다.
② 불리한 정황 속에서도
   태연자약하다.

▶ 태연자약 泰然自若
▶ 불리하다 不利

84.
如釋重負
어깨가 가볍다.

85.
如出一轍／
一個模子印出來
판에 박은 듯하다.

▶ 박다 釘；捶打；嵌

86.
如虎添翼
범에게 날개.

87.
守株待兔
① 나무를 지키며 토끼를
　기다린다 .
② 감나무 밑에 누워서 홍시
　떨어지기를 기다린다 .
③ 요행만을 바라다 .

▸ 감나무 柿子樹
▸ 홍시 紅柿
▸ 떨어지다 掉落
▸ 기다리다 等待
▸ 요행 僥倖

91.
百感交集
만감이 교집하다 .

92.
百花齊放
백화제방

88.
守口如瓶
입이 무겁다 .

89.
百川歸海
대세의 흐름이 한 곳으로
귀착하다 .

90.
百廢俱興
① 방치되었던 일들이
　다시 일어나다 .
② 방치되었던 일들이
　다시 행해지다 .

▸ 일어나다 興起 ; 興旺
▸ 행해지다 進行

93.
百家爭鳴
① 백가쟁명
② 백화만발

94.
百孔千瘡
① 흠집투성이
② 만신창이
③ 엉망진창

▶ 흠집 疤；問題
▶ 만신창이 滿身瘡痍
▶ 엉망 亂七八糟
▶ 진창 泥濘

95.
百煉成鋼
오래 단련하면 매우
강하게 된다.

96.
百思不解
① 도저히 이해가 되지 않는다.
② 아무리 생각해도 이해가
되지 않는다.

97.
百聞不如一見
① 백문불여일견.
② 백 번 듣는 것이 한 번 보는
것만 못하다.

98.
百無禁忌
조금도 거리낄 것이 없다.

▶ 거리끼다 障礙；顧慮

99.
百無一失
① 백 번에 한 번의 실수도 없다.
② 백발백중

▶ 백발백중 百發百中

100.
百無聊賴
① 실의가 극도에 이르다.
② 마음을 의탁할 만한 일이
아무것도 없다. (＝지루
하다／따분하다／싫증나
다)

▶ 지루하다／따분하다／싫증나다
乏味；厭煩

101.
百折不撓
백절불굴

▶ 백절불굴 百折不屈

102.
百折不屈
백 번 꺾여도 결코 굽히지
아니하다 .

▶ 꺾다 經歷
▶ 굽히다 屈服

103.
全力以赴
발 벗고 나서다 .

104.
全神貫注
머리를 싸매다 .

▶ 싸매다 包紮

105.
亦步亦趨／隨波逐流
남의 장단에 춤춘다 .

▶ 장단 節拍

106.
名落孫山
낙제국을 먹다 .

▶ 낙제（落第） 落榜

107.
因小失大
① 소탐대실
② 콩 볶아먹다가 가마
　 터뜨린다 .
③ 벼룩 한 머리 잡으려다
　 초가삼간 태운다 .

▶ 소탐대실 貪小失大
▶ 가마 / 가마 솥 鐵鍋
▶ 터뜨리다 弄破
▶ 벼룩 跳蚤

108.
同病相憐
① 동병상련
② 어려운 사정에 처한 사람
　 끼리 슬퍼하고 걱정하다 .

▶ 처하다 處於

109.
冰淸玉潔
얼음처럼 맑고 옥처럼 결백하다 .

▶ 결백하다 潔白

110.
多此一舉
겨주고 겨 바꾼다.

▸ 겨 (米)糠

111.
舌敝唇焦
입이 닳도록.

▸ 닳다 磨損

112.
良藥苦口
좋은 약은 입에 쓰다.

113.
吃人嘴軟，拿人手短
기름 먹인 가죽이 부드럽다.

114.
丟人現眼
① 초라를 떼다.
② 창피해서 얼굴을 들
　수 없다.

▸ 초라 窮酸相
▸ 떼다 取下；扯下
▸ 창피하다 丟臉；難為情

115.
因利乘便
군불에 밥짓기.

▸ 군불 炕火
▸ 밥짓다 做飯

116.
舟過水無痕
강물에 배 지나간 자리.

▸ 강물 江水
▸ 자리 痕跡

117.
言多必失
꼬리가 길면 밟힌다.

▸ 꼬리 尾巴
▸ 밟히다 被踩

118.
束手無策
① 갈피를 못 잡는다.
② 갈피를 잡을 수 없다.

▸ 갈피 頭緒

119.
走馬看花
① 주마간산
② 대충대충 보고 지나간다 .

▶ 주마간산 走馬看山
▶ 대충대충 大致地；粗略地

120.
初出茅蘆
처음으로 세상에 얼굴을
내놓다 .

▶ 얼굴을 내놓다 露臉；出面

122.
赤手空拳
맨손으로 성과를 올리다 .

▶ 맨손 空手

123.
見微知著
하나를 보면 열을 안다 .

124.
忘恩負義
믿는 도끼에 발등 찍힌다 .

125.
弄假成真
① 장난이 정말된다 .
② 말이 씨된다 .

126.
杞人憂天
남 떡먹는데 팥복숭이
(팥고물) 떨어지는 걱정한다 .

▶ 팥복숭이 (팥고물) 紅豆沙
▶ 떨어지다 掉落

127.
志同道合
의기가 투합하고
지향하는 바가 같다 .

128.
咎由自取
① 자기가 뿌린 씨는 자기가
　거둔다 .
② 자업자득

▶ 뿌리다　撒
▶ 씨　種子
▶ 거두다　收獲
▶ 자업자득　自業自得

129.
虎口餘生
구사일생으로 겨우
살아나다 .

▶ 구사일생　九死一生
▶ 겨우　好不容易

130.
虎頭蛇尾
뒷손이 없다 .

▶ 뒷손　後手；善後工作
▶ 뒷손이 없다　沒有後手；
　沒有善後（意指有始無終）

131.
事有蹊蹺
그 일에는 수상쩍은 것이
있다 .

▶ 수상쩍다　可疑的

132.
事倍功半
① 큰 노력으로 했지만
　성과는 반만 거두다 .
② 떡도 떡같이 못 해 먹고
　찹쌀 한 섬만 다 없어졌다 .

▶ 찹쌀　糯米
▶ 섬　（單位）石

133.
事在人為
일의 성공 여부는 사람의
노력에 달려있다 .

▶ 달리다　基於；取決於

134.
青出於藍
뒤에 난 뿔이 우뚝하다.

▸ 뿔 角
▸ 우뚝하다 高聳

135.
表裡不一
겉 다르고 속 다르다.

▸ 겉 外表
▸ 속 裡面

136.
孤芳自賞
개 밥의 도토리.

▸ 도토리 橡子

137.
放馬後炮
행차 뒤의 나팔.

▸ 행차 (行次) 官員出巡之敬語

138.
物以類聚
끼리끼리 어울린다.

▸ 끼리끼리 同一伙的;同類的

139.
河東獅吼
① 아내의 앙칼진 소리.
② 질투심 강한 표독스러운
    여자를 비유함.

▸ 앙칼지다 尖銳的;拚命的
▸ 표독스럽다 凶狠的

140.
盲人摸象
장님 코끼리 더듬기.

▸ 더듬다 摸索

141.
拋頭露面
① 머리를 내밀다.
② 사람들 앞에 얼굴을
　　드러내다.
③ 공공연히 모습을 나타내다.

▶ 내밀다 伸出
▶ 드러내다 顯露
▶ 공공연히 公然；悍然
▶ 나타내다 表現

142.
爭權奪利
감투를 다투다.

▶ 감투 烏紗帽
▶ 다투다 爭奪；吵架

143.
狐狸看雞
강아지한테 메주멍석 맡긴
것 같다.

▶ 메주 豆醬餅
▶ 멍석 曬蓆
▶ 맡기다 使負責保管

144.
刻舟求劍
① 각주구검
② 구름을 표하고 물건 파묻기.

▶ 파묻기 埋藏；掩蓋
▶ 표하다 做標記

145.
幸災樂禍
①남의 소 들고 뛰는 건
　구경거리.
②남의 재앙을 보고 기뻐하다.

▶ 구경거리 有趣之物；觀賞之物

146.
命中注定（難以逃脫）
팔자는 독에 들어가서도
못 피한다.

▶ 독 缸
▶ 피하다 避免；逃避

147.
狗急跳牆
① 개도 급하면 담장을
　　뛰어 넘는다.
② 궁한 쥐가 고양이를
　　문다.

148.
忠言逆耳
충언은 귀에 거슬린다 .

▶ 거슬리다 逆 ; 不會

149.
背恩忘德
배은망덕

150.
面紅耳赤
① 얼굴에 모닥불을 담아
　 붓듯 .
② 얼굴에 모닥불을 담아
　 화끈거리다 .

▶ 붓다 生氣 ; 傾倒
▶ 모닥불 野草樹枝燒的火堆
▶ 화끈거리다 熱呼呼

151.
面黃肌瘦
동방에 누룩 뜨듯 .

▶ 동방 (東方) 比喻「人臉」

152.
按部就班
① 일을 순서에 따라 규정대
　 로 진행시키다 .
② 순서에 따라 규정대로 진
　 행시키다 .

153.
按圖索驥
그림에 따라 준마를 찾다 .

▶ 준마 駿馬

154.
突如其來
아닌 밤중에 홍두깨 .

▶ 아닌 밤중에 深夜 ; 突如其來
▶ 홍두깨 棒

155.
客隨主便
매사는 간주인 .

▶ 매사 每事　　▶ 간주인 看主人

156.
秋高氣爽
천고마비

▶ 천고마비 天高馬肥

157.
春風秋雨
춘풍추우

158.
春風化雨
① 초목에 알맞은 봄바람과 비.
② 좋은 교육.

▶ 초목 草木

159.
苦盡甘來
① 고진감래
② 태산을 넘으면 평지를 본다.

▶ 태산 泰山
▶ 평지 平地

160.
垂涎三尺
① 고양이 기름종이 넘겨다
보듯.
② 고양이 기름종이 넘겨다
노리듯.

▶ 넘겨다보다 盯 ; 張望
▶ 노리다 盯 ; 注視

161.
咬緊牙關
이를 악물다.

162.
咬牙切齒
이를 갈고 분노하다.

▶ 갈다 磨

163.
飛蛾撲火
① 무쇠두멍을 쓰고 소에
가빠졌다.
② 스스로 위험한 곳에
덤벼들다.

▶ 무쇠 鐵
▶ 두멍 大缸
▶ 소 沼 ; 潭
▶ 덤벼들다 撲

164.
為非作歹
흉악을 부리다.

▶ 흉악 兇惡
▶ 부리다 顯；表現

165.
迫在眉睫
발등에 불이 떨어지다.

▶ 발등 腳背

166.
神氣活現
거드름을 부리다.

▶ 거드름 傲慢；驕傲

167.
笑裡藏刀
웃음 속에 칼이 있다.

168.
笑顏逐開
입이 함박만하다.

▶ 함박 木盆

169.
捏把冷汗
손에 땀을 쥐다.

▶ 땀 汗

170.
唇亡齒寒／脣齒相依
입술이 없으면 이가 시리다.

▶ 시리다 冷

171.
馬馬虎虎
① 외삼촌 무덤에 벌초하듯.
② 외삼촌 산소에 벌초하듯.

▶ 벌초 掃墓

172.
借花獻佛
상두술로 벗 사귄다.

▶ 상두＝상여 喪輿（載靈柩的車輛）

173.
臭味相投／志同道合
배짱이 맞다.

▶ 배짱 膽量；心腸

174.
差強人意
대체로 마음에 들다 .

▶ 대체로 大致；一般來説

175.
徒勞無功
① 게 잡아 물에 놓는다 .
② 헛수고를 하다 .

▶ 게 螃蟹
▶ 헛수고 白辛苦

176.
海底撈針
서울에서 김 서방 찾기 .

177.
冤家路窄
외나무다리에서 만날 날이
있다 .

▶ 외나무다리 獨木橋

178.
倚老賣老
옛날 시어미 범 안 잡아
본 사람 .

179.
高聳入雲
하늘을 찌르듯

▶ 찌르다 刺；插

180.
病入膏肓
골병이 들다 .

▶ 골병 大病

181.
倒行逆施／無轉圜餘地
① 시대의 흐름에 역행하다 .
② 외길을 걷다 .

▶ 역행 逆行
▶ 외길 單一條路；獨路

182.
展卷把玩，不忍釋手
책을 펴들고 보면서 놓으려
하지 않다 .

183.
欲擒故縱
잡기 위해 일부러 놓아주다.

▶ 놓아주다 放縱

184.
欲蓋彌彰
감추려 할수록 더 드러나다.

▶ 감추다 掩飾；遮蓋
▶ 드러나다 露出

185.
粗枝大葉
일 처리가 거칠다.

▶ 거칠다 粗糙；粗魯

186.
粗茶淡飯
소금국에 조밥.

▶ 조밥 小米飯

187.
異曲同工
① 동공이곡
② 둘러치나 메어치나.

▶ 둘러치다 用力扔
▶ 메어치다 摔

188.
異口同聲
입을 모으다.

189.
望眼欲穿
눈이 빠지도록 기다리다.

▶ 빠지다 掉；脫落

190.
淡而無味
물에 물 탄 듯, 술에 술 탄 듯.

▶ 타다 加；攪；放

191.
莫名其妙
도깨비 장난 같다.

▶ 도깨비 鬼
▶ 장난 惡作劇；搗蛋

192.
強人所難
외나무다리에서 발
맞추라는 격 .

▶ 발 맞추다 整齊步伐；統一步調

193.
清楚交代
일을 명확하게 교대하다 .

194.
視若無睹
① 본체 만체하다 .
② 보고도 못본 체하다 .

195.
設身處地
입장을 바꾸어 생각하다 .

196.
魚目混珠
검은 강아지로 돼지만든다 .

197.
雪上加霜
눈위에 서리치다 .

198.
眾口鑠金
군중의 입은 쇠도 녹인다 .

▶ 녹이다 (「녹다」之使動形) 熔化

199.
眾矢之的
뭇사람의 비난의 대상이
된다 .

▶ 뭇 眾；群
▶ 비난 非難

200.
眾志成城
① 많은 사람이 합심하면 대단한 위력을 발휘할 수 있다 .
② 의논이 맞으면 부처도 망군다 .

▶ 망군 放哨的；放風的

201.
進退兩難
① 빼도 박도 못하다.
② 진퇴양난
③ 가자니 태산이요. 돌아서
　자니 숭산이다.

▶ 빼다　抽出
▶ 박다　釘
▶ 태산　泰山
▶ 숭산　嵩山 (五嶽之一)

202.
掌上明珠
눈에 넣어도 아프지 않다.

203.
掌握方向
키를 잡다.

204.
絞盡腦汁
머리가 빠지겠다.

205.
童心未泯
여든살이라도 어린애라.

206.
虛有其表
개 발에 편자.

▶ 편자　馬蹄鐵

207.
掩耳盜鈴
① 가랑잎으로 눈가리고
　아웅한다.
② 귀 막고 방울 도둑질 한다.

▶ 가랑잎　乾樹葉
▶ 가리다　遮蓋
▶ 방울　鈴

208.
喋喋不休
입방아를 찧다.

▶ 입방아　嚼舌根

209.
絕大多數／十之八九
열에 아홉

210.
飯來張口（須自己行動，
無法代勞）
닭도 제앞모이 쪼아먹는다.

▶ 모이　飼料
▶ 쪼아먹다　啄食

211.
猶豫不決
① 머뭇머뭇거리다.
② 주저하다.
③ 망설이다.

▶ 주저하다　躊躇

212.
揮霍無度
주머니가 화수분이라도
모자라겠다.

▶ 화수분　聚寶盆

213.
無影無蹤
종적이 없다.

214.
無緣無故
이유도 까닭도 없다.

▶ 까닭　理由；原因

215.
無隙可乘
발붙일 틈이 없다.

▶ 발붙이다　落腳；立足
▶ 틈　縫隙；空隙

216.
揠苗助長
① 모를 뽑아 자라게 하다.
② 급하게 일을 서두르다
　 오히려 그르치다.

▶ 서두르다　加快；操之過急
▶ 그르치다　搞砸

217.
跋山涉水
① 산을 넘고 물을 건너다 .
② 고생스럽게 먼길을 가다 .

▶ 고생스럽다 艱苦 ; 辛苦

218.
惡名昭彰
악명이 높다 .

219.
順天者存 , 逆天者亡
천명에 순응하는 자는 살고 ,
천명을 거스르는 자는 망하다 .

220.
愛不釋手
① 너무 (매우) 아껴서
손을 떼지 못하다 .
② 잠시도 손에서 놓지
않다 .

221.
愛戴高帽子
① 남이 추켜세워 주는 걸
좋아하다 .
② 치켜세우면 곧잘
우쭐해진다 .

▶ 추켜세우다 豎立
▶ 치켜세우다 豎立 ; 吹捧
▶ 우쭐하다 得意洋洋
▶ 해지다 變得

222.
愛屋及烏
① 사람을 사랑하여 그 집
지붕의 까마귀까지 좋아
하다 .
② 아내가 귀여우면 처가집
말뚝에다 대고 절한다 .

223.
隔牆有耳
낮 말은 새가 듣고 밤 말은
쥐가 듣는다 .

224.
隔岸觀火
① 강 건너 불구경하듯 .
② 강 건너 불보듯 .

225.
滿腹辛酸
입에서 신물이 나다 .

▶ 신물 酸水

226.
搖尾乞憐
꼬리를 흔들 (치) 다 .

227.
腳底抹油
꽁무니 (를) 빼다 .

▶ 꽁무니 臀部 ; 末尾

228.
蜀犬吠日
동산에 뜬 달 보고 놀랜
강아지 짖어댄다 .

▶ 놀래다 （「놀라다」的使動形）
  吃驚 ; 驚嚇

229.
亂七八糟
엉망진창

230.
禍不單行／雪上加霜／
屋漏偏逢連夜雨
① 엎친데 겹친격 .
② 엎친데 덮치다 .
③ 엎치고 덮치다 .

▶ 엎치다 （往前）栽倒
▶ 겹치다 疊在一起
▶ 덮치다 舖疊在一起

231.
罪有應得
① 소금 먹은 놈이 물 켠다 .
② 죄를 지으면 벌을 받아
  마땅하다 .

▶ 켜다 一飲而盡
▶ 마땅하다 合適 ; 理應

232.
想入非非
닭알 낟가리를 쌓다 (가)
무너뜨렸다 한다 .

▶ 낟가리 穀堆
▶ 쌓다 堆積
▶ 무너뜨리다 倒塌

233.
落井下石
쓰러져가는 나무를 아주
쓰러뜨린다 .

▶ 쓰러뜨리다 使倒下；摺倒

234.
裝瘋賣傻
객기 부리다 .

▶ 객기 血氣；意氣
▶ 부리다 顯示；表現

236.
暗箭傷人
남 몰래 사람을 중상
모략하다 .

▶ 모략하다 謀略；施計

237.
意氣風發
① 의기가 양양하다 .
② 기세가 드높다 .

238.
聞一知十
하나를 들으면 백을 통한다 .

▶ 통하다 通

239.
聞風喪膽
서울이 멀다는 말에 삼십리
전부터 긴다 .

▶ 기다 爬；匍匐

240.
輕而易舉
① 주먹으로 물 찧기 .
② 가벼워서 들기 쉽다 .
③ 매우 수월하다 .

▶ 찧다 搗
▶ 수월하다 容易

241.
僧多粥少
아이들은 많고 도래떡은
적다 .

▶ 도래떡
　韓國婚禮用的白色大圓糕

242.
滴水穿石
낙수물이 돌을 뚫는다 .

▶ 낙수　落水

243.
對牛彈琴／牛耳誦經
① 담벼락하고 말하는
　셈이다 .
② 소귀에 경 읽기 .

▶ 담벼락　牆壁

244.
暢所欲言
하고 싶은 말을 시원하게 다
말하다 .

▶ 시원하게　痛快地；直爽地

245.
慘無人道
잔인무도하다 .

▶ 잔인무도　殘忍無道

246.
鼻子底下／就在眼前
엎어지면 코 닿을 데 .

▶ 엎어지다　撲倒；跌倒

247.
說到口乾
입에 침이 마르도록 .

▶ 마르다　乾

248.
精誠所至，金石為開／
至誠感天
지성이면 감천이다 .

249.
摩肩接踵
물 끓듯 하다 .

▶ 끓다 沸騰

251.
銷聲匿跡
① 꿩 구워먹은 자리 .
② 소리 없이 종적을
　　감추다 .

▶ 굽다 烤
▶ 자리 痕跡

253.
熟能生巧
소리개도 오래면
꿩을 잡는다 .

▶ 소리개 鷲

254.
學以致用
배운 것을 실제로
활용한다 .

250.
緣木求魚
① 산에 가서 물고기
　　구하겠단다 .
② 우물가에 가서 숭늉
　　찾는다 .

▶ 우물가 井邊
▶ 숭늉 鍋巴湯

252.
賤不識尊／有眼不識泰山
① 가래장부는 동네 존위도
　　모른다 .
② 장부꾼 뒤에 쓸데없이
　　서 있지 말라는 말 .

▶ 가래장부 / 장부꾼 鏟土鋪地工人
▶ 존위 尊位 ; 尊嚴

255.
學如逆水行舟，不進則退
배움이란 마치 물을 거슬러
배를 짓는 것과 같고，앞으로
나아가지 않으면 퇴보한다．

256.
樹大招風
높은 나무에는 바람이 세다．

257.
據為己有
수중에 넣다．

▶ 수중　手中

258.
歷歷在目
눈에 선하다．

▶ 선하다　清楚；鮮明

259.
優柔寡斷
우유부단하다．（優柔不斷）

▶ 부단하다　不斷

260.
矯枉過正
구부러진 것을 바로
잡으려다가 너무 지나치다．

▶ 구부러지다　彎曲

▶ 바로 잡다　弄直；矯正

▶ 지나치다　過分

261.
謹小慎微
뒤를 사리다．

▶ 사리다　夾（尾巴）；繞

262.
濫竽充數
꿩 대신 닭．

263.
禮尚往來／
要怎麼收穫先那麼栽
가는 말이 고와야 오는
말이 곱다．

264.
輾轉反側
하룻밤에 만리장성을
쌓았다 헐었다 한다 .

▶ 쌓다 堆砌
▶ 헐다 拆

265.
騎虎難下
범의 꼬리를 잡다 .

▶ 꼬리 尾巴

266.
覆車之戒／前車之鑑
앞 사람의 실패를 보고
교훈으로 삼다 .

267.
轉危為安
전화위복

▶ 전화위복 轉禍為福

268.
露出尾巴
꼬리를 밟히다 .

▶ 밟히다 被踩

269.
黯然失色
① 암연하여 빛을 잃다 .
② 무색해지다 .
③ 희미해지다 .

270.
黯然無光
암담하고 생기가 없다 .

1.

一粒老鼠屎，壞了一鍋粥
미꾸라지 한 마리가 온
강물을 흐린다 .

▶ 미꾸라지 泥鰍

2.

一瓶子不響，半瓶子晃蕩
빈 수래가 더 요란하다 .

▶ 빈 수래 空車
▶ 요란하다 嘈雜；哄亂

3.

一個巴掌拍不響／
孤掌難鳴
외손뼉이 울랴 .

▶ 외손뼉 孤掌；一個巴掌

4.

一問三不知
① 모르쇠로 잡아떼다 .
② 시치미를 뚝떼다 .

▶ 모르쇠 一口咬定；不知道；
　一問三不知
▶ 잡아떼다 斬釘截鐵；斷然拒絕
▶ 시치미를 뚝떼다 裝蒜；
　佯裝不知

5.

一不做，二不休
일단 시작한 일은
철저하게 하다 .

▶ 철저 徹底

6.

一犬吠形，百犬吠聲
학이 곡곡 하고 우니 황새도
곡곡 하고 운다 .

▶ 학 鶴
▶ 곡곡 像是鶴般的鳥類叫的聲音

7.

一寸光陰一寸金，
寸金難買寸光陰
시간은 금과 같으나 ,
금으로 시간을 살 수는 없다 .

8.

人外有人，天外有天
범 잡아먹는 담비가 있다 .

▶ 담비 貂

9.

人往高處走，水往低處流
① 사람은 높은 데로 가고
　 물은 낮은 데로 흐른다 .
② 사람은 언제나 향상하려
　 한다 .

▶ 향상 向上

10.

人不可貌相，
海水不可斗量
사람은 겉모습만 보고
판단해서는 안 되고 ,
바닷물은 말로 잴 수 없다 .

▶ 겉 모습 外貌
▶ 재다 量

11.

人不知鬼不覺
① 사람도 귀신도 다 모르다 .
② 쥐도 새도 모르다 .

12.
人生地不熟
① 사람과 땅이 모두 낯설다.
② 산설고 물설다.

▶ 낯설다 陌生
▶ 설다 生疏；陌生

13.
人生猶如白駒過隙，
切莫虛度年華
인생은 순식간에 지나가니
절대로 세월을 허비하지
말라.

▶ 허비 浪費

14.
人同此心，心同此理
① 사람들의 느낌과 생각이
　　크게 다를 리 없다.
② 사람마다 다 한 마음이다.

▶ -ㄹ 리 없다 不可能～

15.
人爭一口氣，佛爭一炷香
사람은 체면을 세우려고
발분하고 부처는 타고 있는
향을 하나 더 쟁취한다.

▶ 체면을 세우다　有面子
▶ 쟁취하다　爭取

16.
十年樹木，百年樹人
나무를 기르는 데는 십년이
필요하고, 인재를 육성하는
데는 백년이 필요하다.

▶ 육성　育成

17.
刀子嘴，豆腐心
칼처럼 날카로운 말이고
두부처럼의 마음.

▶ 날카롭다　銳利的；尖銳的

18.

八字沒一撇

① 팔자중 한획도 없다.

② 운명이 전연 잡히지
　못하다.

▶ 한획　一劃

19.

三個臭皮匠，

勝過一個諸葛亮

못난이 열 명의 꾀가 잘난이

한 명의 꾀보다 낫다.

▶ 못난이　窩囊廢

▶ 꾀　計謀

20.

一日不讀書言語乏味

① 하루 책을 안 읽고서는 말
　재미도 없다.

② 하루 글 안 읽으면 입에 가
　시나니라.

▶ 가시　刺；蛆

▶ 나니라　會生（出）

▶ -니라　表經驗之語尾

21.

三十六計，走為上計

삼십육계에 줄행랑이

으뜸이다.

▶ 줄행랑　（「도망」逃亡之俗稱）
　逃走

▶ 으뜸　第一

22.

丈二金鋼，摸不著頭緒

무슨 감투끈인지 모르겠다.

▶ 감투끈　烏紗帽帶子

23.
丈夫納妾，泥佛也翻臉
시앗 싸움에 돌부처도
돌아앉는다 .

▶ 시앗 妾

24.
千不該萬不該
천만부당하다 .

25.
小時了了，大未必佳
생마 갈기 외로 질지 바로 질지 .

▶ 생마（生馬） 未馴之馬
▶ 갈기 鬣鬃　▶ 지다 落

26.
己所不欲，勿施於人
자신이 원하지 않는 것을
남에게 하지 말아라 .

27.
上樑不正下樑歪／
上行下效
① 윗물이 맑아야 아랫물이
　 맑다 .
② 이마에 부은 물이 발 뒤꿈
　 치로 흐른다 .

▶ 붓다 倒
▶ 뒤꿈치 後腳跟

28.
不管三七二十一／
水火不分
물불을 가리지 않는다 .

29.
不知天高地厚
물인지 불인지 모른다 .

30.
不費吹灰之力／易如反掌
① 누운 소 똥 누듯한다 .
② 식은 죽 먹기 .

31.
不到黃河心不死
소금이 쉴 때까지 해보자 .

▶ 소금이 쉬다　沒那種道理

32.
不入虎穴焉得虎子
호랑이 굴에 들어가야
호랑이 새끼를 잡는다 .

33.
不怕不識貨，就怕貨比貨
둘째 며느리 보아 맏며느리
무던한 것을 안다 .

▶ 맏며느리　長媳
▶ 무던하다　善良；老實

34.
日久見人心
물은 건너 보아야 알고
사람은 지내 보아야 안다 .

35.
日有所思，夜有所夢
평소에 먹은 마음이
꿈에도 있다 .

36.
天無絕人之路
죽을 수가 닥치면 살 수가 생
긴다 .

▶ 닥치다　封住

37.
天下沒有白吃的午餐
① 세상에 공짜는 없다 .
② 거저 먹을 것이라고는 하
　늬바람밖에 없다 .

▶ 공짜　免費的；白得的
▶ 거저　白白地
▶ 하늬바람　北風

38.
天下無難事，只怕有心人
세상에 못한 일이라고는
없고, 뜻을 가지고 하면
된다.

39.
勿以小而為之／
姑息養奸
바늘 도둑이 소 도둑 된다.

40.
心有餘而力不足／
力不從心
마음은 굴뚝 같다.

▶ 굴뚝　煙囪

41.
心有靈犀一點通
암암리에 서로 마음이
통하다.

▶ 암암리　暗中

42.
今朝有酒今朝醉
개암 까먹기.

▶ 개암　榛子

43.
五十步笑百步
① 오십보 백보.
② 똥 묻은 개가 겨 묻은 개
　 나무란다.

▶ 나무라다　責罵

44.
牛步慢騰騰，一步一個坑
느릿느릿 걸어도 황소걸음.

▶ 느릿느릿　緩慢地

45.

少年易老學難成，
一寸光陰不可輕
소년은 늙기 쉬우나 배움은
이루기 어렵고, 시간은
귀중하니 한치도 가볍게
놓치지 아니하여라.

▶ 쉽다 容易的
▶ 이루다 完成

46.

巧婦難為無米之炊
감이 재간이다.

▶ 감 材料
▶ 재간 手藝；才能

47.

巧手出錦練
손이 비단이다.

▶ 비단 綢緞

48.

白頭翁也得傾聽
三歲孩兒的話
늙은이도 세 살 먹은 아이
말을 귀담아 들으랬다.

49.

左眼跳主財，右眼跳主災
왼쪽 눈꺼풀이 떨리면
재물을 얻고, 오른쪽 눈꺼풀
이 떨리면 재난이 온다.

▶ 눈꺼풀 眼皮
▶ 떨리다 顫動
▶ 재난 災難

50.

老也是小僧，少也是小僧
늙어도 소승 젊어도 소승.

▶ 소승 小僧

51.

老死不相往來

① 서로간에 전혀 왕래하지
　않는다 .

② 닭 소를 보듯 .

▶ 전혀　全然

53.

百尺竿頭，更進一步

백척 간두 진일보 .

▶ 진일보　進一步

55.

朽木不可雕

개 꼬리 삼년 두어도 황모
못된다 .

▶ 황모　黃鼠狼毛

57.

有其父必有其子

① 씨는 속일수 없다 .

② 그 아비에 그 아들 .

▶ 씨　種子

52.

百聞不如一見

백 번 듣는 것이 한 번
보는 것만 못하다 .

54.

百年大計，質量第一

백년 대계는 질이 최우선이다 .

▶ 질　質量；品質

▶ 최우선　最優先；第一

56.

有眼不識泰山

① 눈이 있어도 태산을
　분간 하지 못하다 .

② 미처 몰라 보다 .

▶ 분간하다　區別；分辨

▶ 미처　未及；來不及

58.
有錢能使鬼推磨
돈만 있으면 귀신도 부릴 수
있다.

▶ 부리다 傳喚；操縱

60.
自己犯錯，還怪別人
사돈 남 말한다.

▶ 사돈 親家

61.
自作自受
도둑이 제 발 저리다.

▶ 저리다 刺痛

62.
好死不如賴活
죽은 양반이 산 개만도
못하다.

62.
好曲不唱三遍／
好話三遍，連狗也嫌
듣기 좋은 노래도 늘 들으면
싫다.

▶ 늘 常常；經常

63.
江山易改，本性難移
① 강산이 바꾸기 쉬워도
　　타고난 본성은 바꾸기
　　어렵다.
② 고쟁이를 열두번 입어도
　　보일 것은 다 보인다.

▶ 타고 난 先天的；天生的
▶ 고쟁이 （韓服）女子內褲的
　　一種

64.

多行不義必自斃

① 꼬리가 길면 잡힌다.

② 의롭지 못한 일이 많이 하면
　　필연히 자기 목숨을 잃다.

66.

此一時，彼一時

그때는 그때고, 지금은
지금이다.

68.

初生之犢不畏虎

하룻강아지 범 무서운 줄
모른다.

70.

狗改不了吃屎

참새가 방앗간을 거저
지나랴?

▶ 방앗간　磨坊；碾米房

65.

丟下嘴裡的肉，
去抓河裡的魚

잡은 꿩 놓아주고 나는 꿩
잡자한다.

▶ 꿩　山雞

67.

身在福中不知福

물속에서 사는 고기 물 귀한
줄 모른다.

▶ 귀하다　貴；珍貴
▶ -ㄴ 줄 모르다　不知〜

69.

克己復禮為仁

사욕을 극복하고 예로
돌아가는 것이 인이다.

▶ 사욕　私慾

71. 狗咬呂洞賓
① 곱다고 안아준 갓난애가
　바지에 똥을 싼다.
② 믿는 도끼에 발등 찍힌다.

▶ 바지에 똥싸다　大便在褲上
▶ 도끼　斧頭
▶ 발등　腳背
▶ 찍히다　被砍

72.
狗的安閒沒什麼好羨慕的
편한 개팔자 부럽지 않다.

▶ 개팔자　狗八字
▶ 부럽다　羨慕

73.
狗夾著尾巴逃跑
개가 꼬리를 사리고
도망쳤다.

▶ 사리다　夾

74.
虎毒不食子
범이 사납다고 제새끼 잡아
먹나?

▶ 사납다　兇猛；猛烈

75.
虎死留皮，人死留名
호랑이는 죽어서 가죽을
남기고, 사람은 죽어서
이름을 남긴다.

▶ 남기다　留下

76.
虎父無犬子
왕대밭에 왕대 난다.

▶ 왕대　篁竹

77.
狐狸尾巴被揪住了
①꼬리를 밟히다.
②정체는 감추지 못한다.

▶정체　原形；真面目

78.

知子莫若父

자식을 보기에 아비만한
눈이 없고 , 제자를 보기에
스승만한 눈이 없다 .

▶ 아비만한 如父般的
▶ 스승만한 如師般的

79.

知己知彼，百戰百勝

자기편을 알고 상대편을
알면 백전백승하다 .

80.

肥水不落外人田

물고기를 잡아 제 망태기에
넣는다 .

▶ 망태기 網袋

81.

朋友是老的好，
衣服是新的好

친구는 옛 친구가 좋고 ,
옷은 새 옷이 좋다 .

82.

拒人於千里之外

천리 밖으로
거절 (거부) 하다 .

83.

秀才遇到兵，有理説不清

입이 채 구멍만큼 많아도
말할 구멍은 하나도 없다 .

▶ 채 篩子

84.

食之無味，棄之可惜

나 먹자니 싫고 남 주자니
아깝다 .

85.
秋風掃落葉
가을 바람이 낙엽을 쓸어
버리듯 .

86.
皇帝不急，急死太監
곁가마가 끓다 .

▶ 곁가마 邊鍋
▶ 끓다 沸騰；滾

87.
剃頭擔子一頭熱
외기러기 짝사랑 .

▶ 외기러기 孤雁
▶ 짝사랑 單相思

88.
風水輪流轉
흥망성쇠와 부귀빈천이
물레바퀴 돌듯한다 .

▶ 흥망성쇠 興亡盛衰
▶ 부귀빈천 富貴貧賤
▶ 물레바퀴 紡車輪

89.
活到老學到老
① 늙어 죽을 때까지 배운다 .
② 나이가 많건 적건 사람은
　 계속 배워야 한다 .

91.
酒後吐真言
① 평소에 먹은 마음 취중에
　 나온다 .
② 취중진담

▶ 취중진담 醉中真言

90.
神不知鬼不覺
독수리가 병아리 채가듯 .

▶ 독수리 禿鷹
▶ 채가다 叼走

92.
酒逢知己千杯少，話不投
機半句多
술은 지기를 만나 마시면
천잔으로도 모자라고 ,
말은 마음이 맞지 않으면
반 마디도 많은 법이다 .

▶ 모자라다 不足
▶ 마음이 맞지 않다 不合心意

93.
逃不出手掌心
부처님 손바닥 안 .

94.
脣亡而齒寒
입술이 없으면 이가 시리다 .

▶ 시리다 寒

95.
這山望著那山高／
吃著碗裡，望看碗外
남 (의) 손의 떡이 더 커
보인다 .

96.
偷雞不著蝕把米
못먹는 잔치에 갓만 부신다 .

▶ 갓 紗帽
▶ 부시다 打破；弄壞

97.
得饒人處且饒人
①비는 놈한테 져야한다 .
②비는 놈한테 관용할 수 밖에 .

▶ 져야하다 必輸
▶ 관용 寬容

98.
探囊取物，易如反掌
① 겉보리 돈 삼기 .
② 누운 소 타기 .

▶ 겉보리 未去皮大麥

99.

患難見真情，歲寒知松柏

겨울이 다 되어야 솔이
푸른줄 안다 .

▶ 솔 松

100.

連人影也都不見

발그림자도 안 비치다 .

▶ 비치다 照

101.

將欲取之，必先與之

얻으려면 먼저 베풀어야
되다 .

▶ 베풀다 施；給予

102.

欲速則不達

급히 먹는 밥이 체한다 .

▶ 체하다 食積；滯食

103.

啞巴吃黃連，有苦說不出

벙어리 냉가슴 앓듯 .

▶ 냉 冷
▶ 냉가슴 內心的苦痛

104.

朝霞主雨，晚霞主晴

아침놀이 지면 비가 오고 ,
저녁놀이 지면 날이 맑다 .

▶ 놀 (노을) 霞
▶ 지다 （日）落；（花）謝

105.

無風不起浪

아니땐 굴뚝에 연기나랴 ?

▶ 때다 燒（火）

106.

無所施其技

재주부릴 여지가 없다 .

▶ 재주 부리다 展現本事

107.

無債一身輕

빚이 없으면 일신이

가뿐하다 .

▶ 가뿐하다 輕

108.

惡人先告狀

몸뚱이 들고 포도청 담에

오른다 .

▶ 몸뚱이 軀體
▶ 포도청 捕盜廳 (官廳)

109.

結草報恩

머리털을 베어 신발을 한다 .

110.

腳踏兩條船

양다리 걸치다 .

▶ 걸치다 架 ; 連接

112.

路遙知馬力 , 日久見人心

① 길이 멀어야 말의 힘을

　　알수 있고 , 세월이 흘러야

　　사람의 마음을 알수 있다 .

② 말은 타보아야 알고 ,

　　사람은 같이 살아야 안다 .

▶ 흐르다 流

111.

損人不利己

남에게 손해를 끼쳐서

자신의 이익도 꾀지

못한다 .

▶ 끼치다 留傳 ; 給 ; 施
▶ 꾀다 聚集

113. 趕鴨子上架
① 오리를 몰아다 홰에 오르
　게 하다 .
② 도저히 안 될 일을 강요하
　는 것 .

▶ 몰다 趕
▶ 홰 （鳥）架
▶ 도저히 無論如何；怎麼也

114.
說曹操曹操就到
범도 제 말하면 온다 .

115.
遠來的和尚會念經
가까운 무당보다 먼데 무당
이 영험하다 .

▶ 무당 女巫　　▶ 영험 靈驗

116.
疑心生暗鬼
주먹구구에 박 터진다 .

▶ 주먹구구 掐算；大略估計
▶ 박 瓢　　▶ 터지다 裂

117.
慢工出細活
걸음새 뜬 소가 천리를 간다 .

▶ 걸음새 走路的樣子
▶ 뜨다 舉起

118.
瞎貓碰到死老鼠
소경 문고리 잡기 .

▶ 문고리 門環

119.
蓬生麻中，不扶自直
쑥대도 삼밭에 나면 곧아진다 .

▶ 쑥대 艾桿
▶ 삼밭 麻田
▶ 곧아지다 直；撐直

120.

豬跟豬親，狗跟狗親／
物以類聚

늑대는 늑대끼리, 노루는
노루끼리

▶ 늑대 狼
▶ 노루 獐

121.

醉過方知酒濃，愛過方知情重

취해 본 일이 있어야 술이
짙은 줄 알고, 사랑해 본
일이 있어야 정이 무거운 줄
안다.

▶ 짙다 濃
▶ 무겁다 重

122.

嘴上無毛，辦事不牢

하루 비둘기 재를 못 넘는다.

▶ 비둘기 鴿子
▶ 재 山嶺

123.

龜背上刮毛（不可能的事）

거북이 잔등의 털을 긁는다.

▶ 잔등 背
▶ 털을 긁다 刮毛

124.

醜人多作怪

하찮은 게 갓쓰고 장보러
간다.

▶ 하찮다 不值一提；微不足道
▶ 갓 紗帽
▶ 장보다 趕集

125.

雞蛋裡挑骨頭

남의 허물을 들추어 내다.

▶ 허물 毛病；缺陷
▶ 들추다 找出；掀起

126.

難如上天摘星

하늘에 별따기 .

▶ 별따다 摘星

127.

羅馬不是一天造成的

① 첫술에 배부를까 .

② 로마는 하루에 만들어 낸
  것이 아니다 .

128.

識時務者為俊傑

당면한 정세를 아는 자는
걸출한 인물이다 .

▶ 당면 當前
▶ 정세 情勢
▶ 걸출한 傑出的

129.

癩蛤蟆想吃天鵝肉

① 두꺼비가 백조를
  먹으려는 격 .

② 까마귀가 백로되기를
  바란다 .

▶ 백조 天鵝

130.

繡花枕頭一肚草

① 수놓은 베개 .

② 빛좋은 개살구 .

▶ 수놓은 繡花的
▶ 개살구 野杏

國家圖書館出版品預行編目資料

中韓・韓中對譯技巧 ── Ⅰ形象性語言：
俚語、俗諺 / 王俊著；
– 初版 – 臺北市；瑞蘭國際 , 2018.02
176 面；17 x 23 公分 –（繽紛外語；73）
ISBN：978-986-95750-1-0
1. 韓語 2. 翻譯 3. 俚語

803.278   106022105

繽紛外語 73

中韓・韓中對譯技巧
Ⅰ形象性語言：俚語、俗諺

作者｜王俊
責任編輯｜潘治婷、王愿琦
校對｜王俊、潘治婷、王愿琦

視覺設計｜劉麗雪
插畫｜614

董事長｜張暖彗 · 社長兼總編輯｜王愿琦 · 主編｜葉仲芸
編輯｜潘治婷 · 編輯｜林家如 · 編輯｜林珊玉 · 設計部主任｜余佳憼
業務部副理｜楊米琪 · 業務部組長｜林湲洵 · 業務部專員｜張毓庭
編輯顧問｜こんどうともこ

法律顧問｜海灣國際法律事務所　呂錦峯律師

出版社｜瑞蘭國際有限公司 · 地址｜台北市大安區安和路一段 104 號 7 樓之一
電話｜(02)2700-4625· 傳真｜(02)2700-4622· 訂購專線｜(02)2700-4625
劃撥帳號｜19914152 瑞蘭國際有限公司
瑞蘭國際網路書城｜www.genki-japan.com.tw

總經銷｜聯合發行股份有限公司 · 電話｜(02)2917-8022、2917-8042
傳真｜(02)2915-6275、2915-7212· 印刷｜皇城廣告印刷事業股份有限公司
出版日期｜2018 年 02 月初版 1 刷 · 定價｜360 元·ISBN｜978-986-95750-1-0

◎版權所有、翻印必究
◎本書如有缺頁、破損、裝訂錯誤，請寄回本公司更換